# ce que je sais sur l'amour

KATE LE VANN

# ce que je sais sur l'amour

Traduit et adapté de l'anglais
(Angleterre)
par Caroline LaRue

ÉDITIONS DE MORTAGNE

Catalogage avant publication de Bibliothèque et Archives nationales du Québec
et Bibliothèque et Archives Canada

Le Vann, Kate

    Ce que je sais sur l'amour

    (Collection Génération filles)
    Traduction de: Things I know about love.
    Pour les jeunes de 10 ans et plus.

  ISBN 978-2-89074-569-8

  I. LaRue, Caroline, 1970-  . II. Titre.

      PZ23.L423Ce 2012           j823'.914             C2011-942417-7

*Édition*
Les Éditions de Mortagne
C.P. 116
Boucherville (Québec) J4B 5E6

**Distribution**
Tél. : 450 641-2387
Télec. : 450 655-6092
Courriel : info@editionsdemortagne.com

***Dépôt légal***
Bibliothèque et Archives Canada
Bibliothèque et Archives nationales du Québec
Bibliothèque Nationale de France
1er trimestre 2012

ISBN 978-2-89074-569-8

1 2 3 4 5 – 12 – 16 15 14 13 12

Imprimé au Canada

Nous reconnaissons l'aide financière du gouvernement du Canada par l'entremise du Fonds du livre du Canada (FLC) et celle du gouvernement du Québec par l'entremise de la Société de développement des entreprises culturelles (SODEC) pour nos activités d'édition. Gouvernement du Québec – Programme de crédit d'impôt pour l'édition de livres – Gestion SODEC.

Membre de l'Association nationale des éditeurs de livres (ANEL)

ASSOCIATION
NATIONALE
DES ÉDITEURS
DE LIVRES

20 juillet

Je pense que je vais mourir. Il y a un petit morceau de l'aile qui flotte et s'agite de haut en bas ; c'est normal ? Les agentes de bord continuent à sourire et à bavarder ensemble… Elles ne s'abandonneraient pas à de telles futilités si l'avion était sur le point de s'écraser – n'est-ce pas ? Ou est-ce exactement ce qu'elles feraient ? Est-ce qu'on leur a appris à se comporter comme ça pour éviter de semer la panique ? Voyons, Livia, calme-toi, personne d'autre ne semble s'inquiéter. Ohhhohohooo, pourquoi est-ce que l'avion cahote de cette façon ? Qu'est-ce qui cause ces secousses ? On vient d'entrer en collision avec des oiseaux ? Non, mais, sérieusement, est-ce qu'on traverse une volée d'émeus ? Voyons, Livia, ne sois pas stupide. Les émeus ne volent pas. Ce doit être autre chose d'assez gros… des dindes, peut-être. Est-ce que les dindes peuvent voler ? Je ne me souviens pas d'avoir entendu dire que les dindes ne peuvent pas voler ; si l'envergure de leurs ailes est… Oh là là ! Encore des secousses ! Et si l'avion se retournait ? Je déteste l'avion, je déteste l'avion, je déteste l'avion.

J'ai allumé mon ordinateur pour écrire l'introduction de mon nouveau blogue « Un été en Amérique ». Le fait de pianoter sur mon clavier me changera les idées et me fera oublier les turbulences qui secouent cet avion dans tous les sens. L'introduction devrait être très sérieuse, élégante et significative et commencer par quelque chose comme : « Cet été marque le voyage de découverte de Livia Stowe. » Compte tenu des circonstances, elle ne contiendra que l'écrasement de cet avion. Quand on trouvera mon ordinateur, le seul message que j'aurai légué à ceux que j'aime et à l'humanité sera : « Oh nonnnnnn, on va tous mourir ! C'est à cause des dindes ! »

Ils sauront que j'avais vu le morceau de l'aile qui flottait anormalement. Et que je ne l'avais dit à personne.

Bon, tout semble s'être calmé. Le morceau qui flottait sur l'aile flotte encore, mais on a survécu aux dindes volantes et l'avion a cessé d'avoir des secousses. Les hôtesses n'ont toujours pas l'air de s'inquiéter, donc je pense que je ne vais peut-être pas mourir aujourd'hui. Dans un peu plus de deux heures, je verrai mon frère, Jeff. C'est la personne que je préfère le plus au monde. Dans deux heures. Je n'arrive pas à y croire… parce qu'il n'est même pas rentré à la maison pour Noël l'an dernier. Jeff a passé toute l'année à Princeton, au New Jersey. Il tente de décrocher un diplôme en Études américaines, ce qui l'amène à passer sa troisième année aux États-Unis. À étudier les Américains. Malheureusement, il adore vivre là-bas. Pour être bien franche, je suis inquiète de voir à quel point ça lui plaît ; je pense qu'il voudra s'y installer pour de bon. Et je ne le verrai plus autant qu'avant.

Cette année a été assez difficile pour moi. Quand Jeff fréquentait l'université à Manchester, il n'était qu'à une demi-heure de la maison et venait régulièrement y faire un tour. Il arrivait habituellement avec un sac de vêtements à laver. On se voyait et on faisait encore des activités ensemble, c'était vraiment cool et ça ne me désolait pas trop qu'il ait quitté la maison. Cette année, j'ai communiqué avec lui surtout par courriel, ou par téléphone à quelques occasions où on a réussi à établir des appels couci-couça par le biais d'Internet en pleine nuit. Il a mis des photos en ligne pour me montrer à quel point il s'amusait.

Jeff devait revenir tout de suite après la fin de son trimestre pour me voir, mais je préférais qu'il ne vienne pas. D'une part, il était en train de vivre les plus beaux moments de sa vie. D'autre part, je sais que s'il venait si souvent à la maison, c'était uniquement pour me voir, parce qu'il s'inquiétait à mon sujet. Il s'inquiète toujours, d'ailleurs. Je vais bien maintenant, et je veux qu'on oublie que je suis la petite sœur qui, jadis, le regardait faible-ment de son lit d'hôpital. Je ne suis plus cette petite sœur : Livia-qui-a-la-leucémie. Livia-la-brave. Désormais, je suis Livia-qui-parcourt-la-moitié-du-globe-pour-voir-son-frère-parce-qu'elle-s'ennuie-de-lui. Parce que j'en suis capable. J'ai survécu.

Évidemment, j'ai dû convaincre maman que j'avais besoin de faire ce voyage. Oui, *besoin*. Pas seulement *capable* d'y aller. J'ai eu dix-huit ans ce mois-ci, le 2 juillet. Donc, officiellement, m'envoler pour les États-Unis ne *dépend* plus d'elle. (Ouais, à part le fait que c'est elle qui a payé le billet d'avion. J'avoue que c'est un *détail* important.) Mais ma mère a *tout* vécu avec moi, et m'a aidée à rester saine d'esprit, alors qu'elle se rongeait d'inquiétude. Je veux lui éviter de s'en faire davantage et que ses cheveux virent au gris à cause de moi. Je ne veux pas agir de manière ingrate, comme si j'ignorais le souci qu'elle se fait pour moi. Si ma mère me surpro-tège, ce n'est pas pour me contrôler ; c'est simplement qu'elle pense toujours que je vais mourir. Et on peut faci-lement comprendre pourquoi : il n'y a pas si longtemps, on lui disait continuellement que c'était le cas.

Mon médecin préféré, le docteur Kothari, m'a aidée à plaider ma cause. Elle a indiqué à maman que je prends dix fois moins de comprimés que j'en prenais quand j'avais quinze ans. Maintenant, je suis une *championne* de la prise de comprimés : ouvrir la bouche, y insérer un comprimé, l'avaler. (Rien à voir avec les premières fois : maman devait les écraser entre deux cuillères et en dissimuler les miettes dans une bouchée de gâteau.) Le docteur Kothari lui a promis que, désormais, chaque visite à l'hôpital ne serait qu'une formalité. Si bien que nous allions bientôt devoir parler davantage de séries télé ennuyeuses que de mon nombre de globules blancs puisqu'il n'y aurait rien de nouveau à dire à ce sujet. Et mon prochain examen n'étant prévu que dans quelques mois, je pouvais bien prendre une pause d'ici là, n'est-ce pas ? Maman n'en était pas convaincue et nous sommes reparties à la maison. Mais je n'avais pas dit mon dernier mot. Dans la voiture, j'ai fait valoir que j'aurais des examens médicaux durant les dix prochaines années, *minimum*, et que je ne pouvais pas mettre ma vie en suspens jusqu'à ce que j'aie trente ans.

– Si cela signifie que tu resteras en santé *au-delà* de l'âge de trente ans, ce n'est pas une mauvaise idée, a dit maman.

– Et si je meurs à trente ans ?

Je réalisai que cette question manquait vraiment de sensibilité, mais j'étais frustrée.

– Si je meurs, et que les seules chambres où j'aurai dormi, à part ma chambre à coucher, sont des dortoirs d'hôpitaux, ce sera vraiment triste.

Ma mère s'est alors mise à pleurer et n'a pas pu prononcer un mot de plus. À la maison, elle s'est mise à repasser une énorme pile de vêtements. Je me suis sentie très mal.

On a évité ce sujet durant une éternité. Puis, quelques jours avant mon anniversaire, le cadeau de Jeff est arrivé : une webcam pour qu'on puisse bavarder en ligne. On l'a installée et puis, tout à coup, Jeff était là. Son visage semblait un peu fragmenté et déformé par les pixels, mais c'était bien lui. Il nous souriait. Ma mère a *adoré* ce cadeau. Elle lui a demandé de se lever et de nous montrer ce qu'il portait ; puis de promener sa caméra dans sa chambre pour qu'on voit comme elle était bien rangée. Bientôt, maman s'est mise à utiliser la webcam – que mon frère a baptisée Jeffcam ! – plus souvent que moi et à lui parler tard dans la nuit. Je les entendais rire tous les deux.

Le dimanche suivant, nous sommes allées magasiner. Un pyjama bleu à carreaux a attiré mon attention. Il était super *cute*, mais plutôt cher. J'aime vraiment les vêtements de nuit… Sans doute parce que j'ai passé autant de temps à l'hôpital, n'est-ce pas ? Les filles de mon âge raffolent des bottes sexy et de trucs du genre. Moi, je m'excite devant un pyjama ! En tout cas, maman a dit qu'elle me l'achèterait.

– Voyons, tu m'as déjà offert trop de cadeaux pour mon anniversaire. Je n'ai pas besoin de ce pyjama.

– Bof, on le mettra sur la carte de crédit de ton père.

Mon père a laissé une carte de crédit à ma mère dans le cadre de leur entente de divorce. La règle est qu'elle ne l'utilise que pour des choses importantes ou nécessaires pour moi ou mon frère. Mon père est vraiment correct sur ce point. Il ne se plaint jamais, même si on s'en sert de temps en temps pour acheter des choses pas *tout à fait* nécessaires. Comme mon ordinateur portable, par exemple. Quoique… j'en avais vraiment besoin quand j'étais à l'hôpital pour faire mes travaux scolaires afin d'obtenir mon diplôme d'études secondaires. Ou comme la console de jeux de Jeff.

— Tu en auras besoin, à Princeton, a ajouté maman.

Je me suis soudain mise à pleurer au beau milieu du magasin.

— Qu'est-ce que tu veux dire ? lui demandai-je pour être sûre d'avoir bien entendu.

— Tu devrais y aller. Jeff me dit que tu devrais y aller. Il s'ennuie de toi.

— Mais je pensais que… Il faut que tu viennes, toi aussi. C'est vrai. Tu seras plus heureuse, car tu sauras que je suis en sécurité. Et puis, tu t'ennuies de Jeff autant que moi. Ce sera tellement mieux que tu sois là.

Pour la plupart des filles de mon âge, voyager avec leur mère est tout le contraire d'une partie de plaisir. Mais je suis un peu bizarre à cet égard. Et j'étais sincère. Pour tout vous dire, moins je passais de temps à l'école, plus je trouvais difficile d'entretenir des amitiés normales. Souvent, quand des amies venaient me voir à l'hôpital, elles ne savaient pas comment me parler. En groupe, elles se montraient plus détendues et parlaient de choses qui avaient rapport à l'école, et ça m'amusait. Ça me déprimait un peu, aussi. Leurs histoires n'avaient jamais rien à voir avec moi. Elles faisaient allusion à des blagues « qui seraient trop longues à expliquer ». Elles ne voulaient pas me cacher quoi que ce soit, mais je me trouvais souvent laissée de côté. Je sentais que je devenais de plus en plus timide. Je voyais qu'elles commençaient à me considérer comme une personne *différente*, et me traitaient différemment des autres.

C'était étrange, comme si j'étais en quarantaine. Tout se faisait à sens unique : elles parlaient, leur vie continuait, et moi, j'écoutais et je suivais tout ce qui se passait dans leur vie. L'amitié, telle que je la connaissais, semblait me filer entre les doigts parce que je ne faisais plus partie des plans de qui que ce soit. Ma mère était la seule constance dans ma vie. Et ma maladie l'a empêchée de vivre sa vie, elle aussi ; elle aurait pu sortir plus souvent, rencontrer un autre homme, voir *ses* amis plus souvent… Mais elle devait s'occuper de moi. Elle ne m'a jamais fait sentir coupable de tout cela. Vrai de vrai. Et j'ai réalisé cela plus tard. Puisqu'on devait passer autant de temps ensemble, on a dû devenir de véritables amies.

Nous *sommes* de véritables amies. Notre lien va au-delà de l'attachement parental.

Finalement, maman a conclu qu'elle ne pouvait pas prendre un si long congé du travail. Et puis, elle ne pouvait vraiment pas se permettre de payer deux billets d'avion. Elle a ajouté que je devrais définitivement partir pour plus d'une semaine, et qu'elle avait déjà commencé à organiser tout cela avec Jeff.

Je ne pouvais tout simplement pas le croire.

Donc, si je meurs dans cet avion après toute cette histoire, je serai vraiment dégoûtée.

J'ai décidé que ce blogue, euh… comment dire, *détonnera* littéralement du dernier. Pour être bien franche, mon dernier blogue a viré en genre de guide avec questions et réponses sur chaque épisode de la série de science-fiction *Star Trek* des années 1980, à laquelle je suis devenue complètement accro lorsque j'étais en convalescence à la maison.

D'un autre côté, je ne veux pas écrire un simple journal intime. Je veux que mes écrits aient un *but*. Vous comprenez ? Je veux que mes observations m'aident à comprendre ma vie. Tout le monde que je connais a vécu des expériences pratiques, et moi, je suis toujours en retard sur les autres. Je possède des tas de connaissances *théoriques*, j'ai regardé des tonnes d'émissions de variétés et de films tristes, et j'ai dû voir toutes les combinaisons possibles d'histoires d'amour à la télé. Le défi, c'est de faire en sorte que la théorie rencontre enfin la réalité.

Donc, il s'agit de mettre en pratique mes connaissances sur l'amour.

Au sujet de l'amour que j'ai connu, et de l'amour que je connaîtrai. Et vous savez quoi ? Peu importe quelle tuile la vie mettra sur mon chemin, je rechercherai toujours cette émotion suprême. Parce que, quand on ressent de l'amour, toutes les autres choses paraissent un peu futiles, et puis tant pis. C'est pourquoi ce blogue doit demeurer privé pour le moment. Parce que tomber amoureux, même quand c'est à sens unique, ne concerne jamais qu'une seule personne. L'autre est toujours concerné malgré lui ou elle, que ça lui plaise ou non. Et je ne veux mettre personne dans l'embarras, ou blesser qui que ce soit, surtout pas moi. J'ai donc enlevé le crochet sur la case qui rend mon blogue accessible. Comme ça, je ne recevrai pas de précieux conseils de la part de parfaits étrangers. Cela signifie aussi que je ne recevrai pas de messages haineux de personnes qui se sont retrouvées malgré elles en vedette sur ma page.

Cet été, mon objectif sera de connaître un nouveau départ et d'exposer mon statut nouvellement acquis d'adulte ayant le droit de vote. (Oh là là, l'avenir politique de mon pays est au bout de mes doigts... comme si j'avais besoin de pression supplémentaire. Je ne connais même pas la différence entre le secrétaire de l'Intérieur et le secrétaire d'État aux Affaires étrangères ! De toute évidence, il y en a un qui s'occupe des affaires de l'intérieur, et l'autre des affaires étrangères, mais de quelles affaires au juste ?) Je me pardonne toutes mes erreurs du passé, mais ça ne veut pas dire que tout ce qui est arrivé dans le passé sera désormais relégué aux oubliettes. Ohhh que non ! Tout ce que j'ai surmonté est utile pour acquérir de *vraies* connaissances et une bonne compréhension de l'amour. Pour cette raison, mon blogue inclura des études de cas réels, basés sur mes anciennes relations, au cas où elles m'aideraient à faire la lumière sur les histoires qui m'arriveront à l'avenir.

Je dois admettre que je n'ai pas eu tellement de relations jusqu'à maintenant.

Mais ça, c'est ma **règle numéro un** : je dois passer en revue le plus objectivement possible toutes les expériences romantiques que j'ai vécues et qui se sont mal terminées (et celles qui se sont bien passées).

**Règle numéro deux** : je dois vivre d'autres histoires d'amour, sans quoi ce blogue deviendra vite ennuyant. Je dois aller de l'avant et saisir les occasions qui se présentent. Je dois surmonter mes peurs, même au risque d'avoir mal à nouveau.

**Règle numéro trois** : je dois dire la vérité, même quand elle ne me met pas en valeur. Je n'apprendrai rien de l'amour si j'omets les parties qui me donnent envie de me cacher derrière le canapé. C'est incroyable comme la mémoire est capable d'effacer rapidement certains détails. Je vais écrire tout ce que je vis aussi rapidement que possible. Je sais que cela me fera parfois rechigner, mais je pense que c'est la seule façon de procéder correctement.

Étude de cas A : Darren

Neuvième année. J'avais treize ans. Saira était ma meilleure amie à cette époque. Elle l'est toujours, mais entretemps j'ai aussi été la meilleure amie de Boo, et maintenant, c'est plutôt comme si on formait un grand groupe de meilleures amies au lieu de plusieurs paires d'amies. Bref, Saira m'a alors annoncé que Darren avait un faible pour moi. Nous étions en classe de maths enrichies, et elle utilisait une série de codes incroyablement compliqués pour me le faire comprendre, car elle avait juré au meilleur ami de Darren, Scott Wrexham, de garder le secret.

« Il n'a pas de sac noir. Il n'est jamais sorti avec Steph Lindall. Il est plus petit que Scott Wrexham. »

– Et puis ? Es-tu intéressée ? me demanda Saira.

– Je ne suis pas sûre de savoir de qui il s'agit !

– C'est… évident ! s'écria-t-elle, tout en écrivant **D-A-R-R-E-N** dans mon cahier de notes et en prenant soin de le souligner. Allez, qu'est-ce que je vais dire à Scott ?

Elle commença à barbouiller le nom de Darren.

– Je ne sais pas.

Je me mis moi aussi à barbouiller le nom, jusqu'à laisser une marque profonde dans le cahier. J'étais terrifiée parce que je n'avais jamais eu le moindre *chum*.

– Ne lui dis rien, s'il te plaît.

– Il adore tes cheveux, fit Saira.

– Mes cheveux ?

Je portai inconsciemment la main à ma tête. En tant que rouquine, j'avais l'habitude qu'on se moque de ma chevelure ; j'étais donc certaine que c'était une blague.

– Oui, vraiment. Il les trouve jolis. Eh bien, est-ce que tu le détestes ?

– Non, je ne le *déteste* pas. Je ne lui ai pratiquement jamais parlé ! Je le connais à peine !

En fait, ce que je savais au sujet de ce garçon ne me séduisait pas à 100 %, mais je gardai ce commentaire pour moi. C'était un *nerd*, maniaque de sciences naturelles. Il connaissait plein de choses au sujet des tornades et des lézards.

– Bon, alors, donne-lui une chance. Ça ne peut pas faire de mal.

Je n'avais pas envie de lui donner *quoi que ce soit*. J'étais bien heureuse comme j'étais, sans le trouble d'avoir un *chum*. Saira me promit qu'elle ne parlerait pas de moi à Scott. Il était fort possible que je ne croise pas le regard de Darren avant plusieurs semaines. L'affaire tomba dans l'oubli.

Puis je suis allée à une fête chez Amy Thurgood pour la Saint-Valentin. Toutes mes amies dansaient, mais comme j'étais assez fatiguée, je suis allée dans la pièce plus *chill*, dans ce cas une petite salle à manger séparée de la cuisine par des portes en verre givré. J'eus le choc de constater que Darren était assis là, tout seul, et lisait un roman de Terry Pratchett. J'étais intimidée, mais je ne pouvais pas me retourner et sortir de la pièce comme si de rien n'était. Je décidai donc de m'asseoir et je fouillai dans mon sac pour me mettre un peu de rouge à lèvres et de poudre. Puis je dis la première chose qui me vint à l'esprit : « La musique est forte, n'est-ce pas ? » Super. Vraiment cool. Une vraie grand-mère.

– Ouais, répondit Darren. C'est moins fort ici.

– C'est vrai, c'est un peu plus tranquille ici.

Je lui parlai de son livre. On discuta un peu de ce qui s'était passé à l'école durant la semaine. J'eus tout à coup une drôle d'impression, un sentiment étrange, comme si une voix me disait : « Voici le moment où ta vie va changer. Tu es sur le point de vivre ton premier baiser. » J'ai alors réalisé que, pour favoriser le destin, je devais traverser la pièce et me rendre près de Darren sans avoir l'air ridicule. L'étrange impression d'être sur le point de vivre LE moment me faisait battre le cœur à toute vitesse.

– Tu veux retourner danser ? proposa Darren.

– Non, je suis bien ici. Et toi ?

– Je suis bien ici.

Une idée me traversa brusquement l'esprit : Saira s'était complètement trompée, et il espérait juste que je le laisse seul. Il se laissa glisser vers le sol. Je fis pareil. Nous étions tous deux installés sur le tapis, adossés à deux murs opposés, et nous nous regardions à travers les pieds de la table de la salle à manger. Parfois, l'un de nous se penchait de côté pour mieux voir, et à d'autres moments, on se penchait en même temps, de sorte que les pieds de la table nous bloquaient la vue. C'était très drôle. Mon cœur n'arrivait pas à ralentir la cadence et pompait trop de sang dans mes joues. Chaque fois que j'y portais la main, celle-ci était froide et moite, et mon visage était chaud, ce qui voulait dire aussi qu'il était *rouge*. Vous comprendrez ceci si vous êtes rousse : lorsque votre visage est rouge, le mot « rouge » ne suffit pas à décrire la couleur de votre peau. Elle est tout simplement en feu, un feu d'une puissance nucléaire.

Il fallait que je me rende du même côté de la table que Darren, mais je ne savais vraiment pas comment m'y prendre. Je commençai à enfoncer mes doigts dans la laine épaisse du tapis. Elle avait le même motif que notre chat tigré.

Saira brisa la glace pour nous. Elle entra dans la pièce, nous examina et me jeta un regard entendu.

– Hé, il faut que tu voies ça, Liv, lança-t-elle en pointant un album de photos à la reliure coussinée. C'est Amy dans un costume de ballerine. C'est trop drôle.

En effet, la photo était assez comique et plutôt mauvaise. Darren et moi nous sommes rapprochés de Saira pour la regarder, et nous avons tous ri. Puis Saira annonça qu'elle devait la montrer à Pritti aussi et disparut aussitôt. Darren et moi étions alors du même côté de la table. Il s'est tout simplement penché pour m'embrasser, sans aucun préambule.

Il paraît qu'on n'oublie jamais son premier baiser. Voici comment le mien s'est déroulé : Darren a agité sa langue dans un mouvement circulaire à l'intérieur de ma bouche. (Ce mouvement fut plus tard décrit par des amies comme « la machine à laver ».) Je croyais que c'était comme ça que tout le monde embrassait, et je ne savais pas si je devais lui rendre la pareille. Une chose étrange s'est alors produite : les battements de mon cœur sont passés de très rapides à très lents. Mes pensées étaient comme un sac de billes tombé sur un plancher de bois ; les billes jaillissaient dans toutes les directions puis ralentissaient leur course pour s'arrêter complètement. C'était un mélange d'embarras, de politesse et d'*ennui*. Soudain, je n'arrivais plus à sentir ce que j'éprouvais. Je ne faisais que réfléchir. « Est-ce que j'aime embrasser ? Est-ce que j'aime EMBRASSER DARREN ? »

La mère d'Amy est alors descendue et nous pouvions l'entendre annoncer que la fête se terminait *maintenant*. Elle expliqua que nous pouvions tous téléphoner à nos parents si ceux-ci n'étaient pas déjà en route pour venir nous chercher. Quelqu'un avait apporté quelques bières et la mère d'Amy, qui regardait la télé à l'étage avec le père d'Amy, était descendue faire une petite inspection rapide et avait trouvé les cannettes. Darren et moi avons rejoint le groupe. Je me souviens qu'on se tenait la main, parce qu'il ne semblait pas y avoir d'autre choix. Saira me souriait bêtement et, à ce moment précis, je me suis sentie bien. Mieux que bien. Je faisais maintenant partie des filles qui embrassent des garçons. Je faisais partie de l'équipe. Il me demanda mon adresse courriel. Je l'écrivis sur un papier de moule à muffins que j'enfouis dans sa main, et je me précipitai dans la voiture du père de Saira. Quand j'arrivai à la maison, Darren m'avait déjà envoyé un courriel me demandant si on pouvait sortir ensemble, et je lui répondis que j'aimerais vraiment cela.

Pour notre première *date*, nous sommes allés voir un film le samedi après-midi. Quand les lumières furent complètement éteintes et que le film commença, il prit ma main. Nous nous tenions ainsi, avec nos doigts entrelacés, lorsque je réalisai que ma main devenait très moite. Je la dégageai en glissant mes doigts et, feignant de replacer mes cheveux, je tentai d'essuyer la sueur qui mouillait ma main. Il voulut ensuite la reprendre pour la tenir *encore*, et je pensai : « POURQUOI ? Ne sens-tu pas la sueur entre nos mains ? Crois-tu que c'est normal que TOI ET MOI produisions autant de sueur ensemble ? » On ne s'est pas embrassés dans le cinéma. Après, il m'a emmenée manger des frites et on a parlé du film. Et j'ai compris que j'avais fait une erreur. Je n'étais pas attirée par Darren et je savais que je n'avais pas envie de l'embrasser de nouveau. Mais je ne savais pas comment la *date* allait se terminer et comment régler l'affaire. Alors qu'on marchait pour retourner au centre-ville, je vis que mon bus s'approchait.

– Écoute, le film a duré plus longtemps que prévu et je dois *vraiment* rentrer à la maison. Oh ! Voilà mon bus ! Salut ! dis-je en prenant mes jambes à mon cou.

Plus tard, je lui envoyai le courriel suivant :

> Allô Darren. Merci pour le film. Et pour les frites ! Écoute, je n'ai pas tellement envie de voir des gens en ce moment. J'ai une tonne de travail à faire pour préparer mon examen de flûte et je ne pense pas que j'aurai vraiment le temps de sortir. J'ai eu du plaisir aujourd'hui, mais je pense qu'on ne devrait pas vraiment sortir ensemble. Merci beaucoup. L x

« Et pour les frites ! » Ouais, bravo Livia, pensai-je ensuite.

Puis il répondit à mon courriel :

Est-ce que j'ai fait quelque chose de mal ?

Moi :

Non, bien sûr que non ! C'est juste que je suis très occupée.

Lui :

Est-ce qu'on peut au moins se revoir demain ? J'aimerais vraiment avoir une autre chance de te parler.

Moi :

Eh bien, je pense que ça ne servirait pas à grand-chose, n'est-ce pas ? C'est vraiment stupide, mais je suis vraiment débordée de travail et je dois pratiquer ma flûte et tout le reste.

J'ai encore ces courriels ; je les ai copiés à partir de mon ancien compte Hotmail. Mais même si j'ai promis de dire toute la vérité et rien que la vérité, je pense que de reproduire ces courriels ici ne donnera rien de plus.

Surtout que la situation ne s'est pas améliorée par la suite. En fait, je n'avais pas réalisé à quel point Darren serait fâché et j'étais trop stupide pour prévoir ce qui allait arriver. Quand je suis arrivée à l'école le lendemain, tout le monde riait de moi et m'appelait *la Frigide*. Non mais, j'avais seulement *treize ans* ! La rumeur voulait que j'aie embrassé Darren une seule fois, et sur la joue. Il avait dit qu'on s'était embrassés seulement sur la joue, alors que ce n'était définitivement *pas* sur la joue. Il y avait eu sa langue, une sensation de machine à laver et le goût certain de chips au bacon fumé. J'avais été assommée par cette moquerie, qui ressemblait en fait à l'assassinat de ma réputation. Des garçons que je détestais citaient des passages de mon courriel et me demandaient de sortir avec eux. Ils me lançaient des commentaires du genre : « Je sais que jouer de la flûte est très important pour toi… » puis ils se mettaient à rire en faisant des blagues de… des blagues de vous-savez-quoi. Je voulais quitter l'école et ne plus jamais y revenir.

Plus tard, vous vous demandez comment les choses ont pu se retourner à ce point contre vous. C'est lui qui s'est fait rejeter, et c'est de vous qu'on se moque. C'est un tour assez astucieux, et j'aimerais bien savoir comment on s'y prend pour le réussir. En tout cas, voyons ce qu'on a appris de tout ça.

ce QUe je SaiS SUR L'aMOUR

1. Il n'est jamais garanti que ce qui se passe entre deux personnes restera privé.

21 juillet

Il est environ… oh ! le calcul est difficile à faire puisque mon ordinateur portable est encore à l'heure de la Grande-Bretagne – cinq heures du matin et, bien sûr, je n'arrive pas à dormir. Je crève de faim. Mais je ne peux quand même pas bondir dans la chambre de mon frère, le réveiller et lui demander de me montrer où se trouvent les céréales.

Tant pis ! Je suis ici ! Aux États-Unis d'Amérique ! Jeff m'attendait à l'aéroport avec, pour rigoler, une petite enseigne où il avait écrit *STOWE*, comme les chauffeurs qui attendent des gens à l'aéroport. Ensuite, on avait environ une heure de route à faire. Il avait emprunté la voiture d'un ami. C'est incroyable, il y a des tonnes d'étudiants américains qui ont des voitures. Tout semblait si *américain*. Nous avons passé devant des magasins qui arboraient d'énormes enseignes aux néons tapageurs. Les feux de circulation pendaient au bout de leurs câbles et, évidemment, nous conduisions dans le mauvais sens. Nous venions de quitter la route principale quand un immense chien blond traversa en courant, juste devant nous. J'ai hurlé et Jeff a appuyé sur les freins d'un bon coup de pied.

Il a dit qu'il s'agissait en fait d'un petit chevreuil ; il m'a expliqué que les chevreuils apparaissaient parfois comme ça, mais qu'ils se faisaient rarement heurter.

Quand vous quittez les routes principales, qui sont bordées d'immenses magasins monstrueux, vous aboutissez dans un genre de petit village d'antan. Les maisons sont en bois, peintes de couleurs pastel, avec des vérandas. Plusieurs d'entre elles sont ornées de lumières féeriques, même si Noël est encore loin. Et un grand nombre arborent un *très* gros drapeau américain hissé sur un mat à l'entrée ou suspendu au toit. Ça, c'est vraiment bizarre. Imaginez parcourir des rues résidentielles normales à Liverpool et voir de beaux gros drapeaux de l'Union Jack flotter dans les jardins.

La maison du professeur de Jeff n'a pas de drapeau. Jeff garde le logis pour l'été ; son professeur est parti faire des recherches au Mexique et ne voulait pas laisser sa maison vide. Cela veut dire que je peux rester ici avec lui. Heureusement, car il aurait été impossible que je partage son ancienne chambre d'étudiant minuscule.. Il aurait fallu que je dorme à l'hôtel, et cela aurait coûté trop cher et je me serais sentie trop seule là-bas. La maison est petite. Je pensais qu'un professeur de l'université de Princeton aurait eu une plus grande demeure.

Je suis toujours mal à l'aise quand je me trouve chez quelqu'un d'autre. Comme si quelqu'un pouvait entendre tout ce que vous dites, mais que vous ne pouviez pas le voir ; comme si la personne avait laissé un peu d'elle-même chez elle pour vous espionner. Ce qui, je l'avoue et l'écris, est un peu fou.

La maison compte deux chambres à coucher. La mienne ressemble davantage à un bureau qu'à une chambre tant il y a de livres d'histoire là-dedans. Il y a même des livres d'histoire dans la salle de bains.

J'ai tellement faim maintenant que j'en ai *mal* au ventre. Hier soir, quand je suis arrivée, Jeff a essayé de me faire manger. Non seulement je venais d'avaler un repas d'avion gras et dégueulasse, avec tous les extras et presque toute la barre de chocolat Dairy Milk que j'avais apportée à bord, mais il était environ deux heures du matin, heure de l'Angleterre. J'étais *tellement* fatiguée et, peu importe combien j'aime Jeff et m'étais ennuyée de lui, je voulais juste dormir. Mais il était plein d'énergie et enthousiaste. Il m'a emmenée à un petit restaurant chinois, où j'ai bu toute une théière et fixé la nourriture comme si elle avait été faite de plastique. Et là, je mangerais tout ce que je n'ai pas voulu manger hier soir.

Je viens de me faufiler dans la cuisine où je trouve des beignets de la veille. Alors j'en mange un, et c'est absolument délicieux. Plein de gras, plein de sucre. Délicieusement américain. Wow, je suis vraiment arrivée.

22 juillet

Avant mon départ, j'ai organisé une petite fête avec quelques filles : Hannah, Steph, Boo et Saira. Nous avons commandé de la pizza et sommes restées debout toute la nuit à bavarder. Boo, Hannah et Steph iront à l'université en septembre. Saira passera une année en Australie. Sa cousine y habite, et elle prévoit voyager d'un bout à l'autre du pays et fera peut-être aussi un saut au Japon. Vers la fin de l'été, les trois autres filles prendront des vacances ensemble quelque part aux alentours ; en Espagne, peut-être.

Je n'ai pas beaucoup parlé de mes plans. En réalité, elles étaient toutes si excitées de savoir que je partais en Amérique, cette folle aventure que je vis en ce moment, que c'est ce dont on a parlé. Tant que je ne connaîtrai pas mes résultats de fin d'études secondaires, je ne peux pas me projeter dans le temps. J'ai manqué tellement de cours durant les deux années préuniversitaires que je suis la seule qui n'a pas fait sa demande d'admission à l'université. Je n'ai pas de projet.

Cependant, je devinai que la même peur de l'avenir occupait aussi les pensées de mes amies. Qu'adviendra-t-il de nous ? Resterons-nous en contact ? Les gens bougent tellement, de nos jours. Les voyages et la possibilité de vivre à l'étranger sont censés avoir rendu le monde plus petit. Malgré cela, une de nos meilleures amies, Chloé, a quitté l'école à seize ans et est allée travailler à Leeds. On la voit à Noël, mais j'ai commencé à trouver de plus en plus difficile de lui écrire des courriels. Il lui arrive tant de choses entre chaque message qu'il faut pratiquement retourner lire les précédents pour se souvenir des détails.

Et puis, il y a mon frère, ici, à des milliers et des milliers de kilomètres de la maison, plus loin que je ne l'aurais jamais imaginé. Avant de venir le voir, j'ai passé tellement de temps à m'inquiéter du fait que devenir des adultes nous éloignerait. Cet été, nous sommes aussi proches que possible, et notre *amitié* est encore plus solide. Mais j'ai peur que nous ne soyons plus jamais aussi proches, et qu'on se voie de moins en moins à l'avenir.

Et il y a mon père. Au moment du divorce de mes parents, il a promis que rien ne changerait et que nous serions toujours ses enfants, qu'il nous aimerait toujours et qu'il viendrait nous voir tout le temps. Mais son travail l'a amené à l'autre bout du pays, et ses fins de semaine sont devenues plus occupées. Je sais que maman se servait parfois de la carte de crédit de papa pour le punir de nous avoir laissé tomber... ou peut-être le faisait-elle pour nous remonter le moral. D'une manière ou d'une autre, je ne voulais pas le punir et je ne voulais pas de compensation. Je voulais seulement passer un peu plus de temps avec lui. Maintenant, quand on se parle, nous savons tous les deux qu'on a perdu quelque chose, et je sens qu'on essaie de faire comme si de rien n'était et de combler le manque. Ça me rend triste de faire semblant, et la tristesse rend cela encore plus difficile de faire semblant.

Penser à tout cela me fait de la peine pour maman. Elle me manque. Depuis que Jeff est parti, elle et moi avons développé nos petites routines, vous savez, comme la manière de manger notre petit-déjeuner ensemble, de regarder notre série télé préférée, de faire de la pizza maison le samedi. Ce matin, quand j'ai déjeuné avec Jeff, j'ai pensé à maman, toute seule à la maison, en train de mettre son pain d'un seul côté du grille-pain, puisqu'on a l'habitude de n'en prendre qu'une tranche chacune, de lire son journal sans avoir personne à qui commenter certains articles.

Bon, OK, j'ai versé quelques larmes. Ça va mieux, maintenant.

Une partie de moi *meurt d'envie* de vivre de nouvelles choses, d'acquérir une expérience plus variée et de devenir adulte. Et l'autre partie sait que RIEN ne peut m'empêcher de faire ce dont j'ai envie, mais que je risque de perdre beaucoup en le faisant. C'est la première fois que je suis loin de la maison, et Jeff est ici ! Donc, la MAISON est ici ! Mais j'ai peur et je suis triste parce que maman n'est pas là.

Et c'est *tellement* fou parce que j'ai passé une journée fabuleuse aujourd'hui. Jeff et moi avons marché dans Princeton et mangé de la crème glacée dans une petite boutique, située dans un joli square ancien. Il m'a parlé d'une fille qui l'obsède complètement, Krystina. Sa famille habite ici, et elle est étudiante.

– Le problème, c'est que je ne sais pas si elle s'intéresse à moi.

– Est-ce qu'*elle* te contacte ou est-ce que c'est toujours toi qui l'abordes ?

– Elle m'appelle tout le temps et m'invite à des fêtes. Mais quand j'y vais, il ne se passe rien entre nous. Elle ne tente même pas de m'approcher et de passer la soirée avec moi. On dirait que je fais du surplace avec elle depuis le début. Alors, j'imagine que ça veut dire qu'on est juste des amis.

– As-tu tenté de… euh… une approche directe ?

Je ne pouvais pas croire que j'étais en train de parler comme cela à Jeff. Il n'avait jamais parlé de sa vie personnelle auparavant. Je me sentais tellement près de lui, et au même niveau que lui mais d'une manière différente.

– Euh… que veux-tu dire ? Je n'ai pas fait d'approche comme telle, mais elle doit bien savoir comment je me sens.

– Autant que tu sais ce qu'elle ressent ?

– Ouais, OK, je vois ce que tu veux dire. Mais les filles savent ces choses-là, non ? Les filles savent toujours ce que tout le monde pense ; c'est ce qui fait qu'elles sont si *cool*.

Je me demande si c'est vraiment ce que tous les garçons pensent des filles, ou si Jeff et moi sommes tout aussi nuls l'un que l'autre par rapport à l'amour. Je ne sais jamais ce que les autres pensent.

Après notre crème glacée, on a quitté le soleil pour que Jeff me montre où il étudie. C'est ce qu'il m'a dit, mais je pense qu'il espérait plutôt voir cette fameuse Krystina, bien qu'il ne l'ait pas trouvée. La plupart des étudiants étaient partis pour les vacances d'été, et ceux qui restaient ici et là étaient surtout des finissants un peu plus âgés. En tout cas, ceux que j'ai vus étaient les spécimens les plus incroyables de la faune étudiante masculine. Le teint basané, les épaules larges, la chevelure épaisse. En les voyant, vous vous dites : « Ouais, ils ont tous bu leur lait quand ils étaient encore enfants ! » Toutes les filles portent des minijupes en denim et ont de longues jambes bronzées qui s'étirent sur des kilomètres et aboutissent dans de petites chaussures de toile plates. À côté d'elles, je me sentais toute petite, chétive et maigrichonne.

Pourtant, elles n'avaient pas l'air aussi sexy que les filles de mon école. Elles avaient un style plutôt prude. Trop de couleurs pastel. D'où je viens, il y a des tas de filles au style vraiment déluré, et carrément sexy. Je n'ai jamais osé les regarder dans les yeux, mais je ne pouvais m'empêcher de les examiner parce que je voulais apprendre comment elles faisaient pour avoir cette allure à la fois sexy et dure. Ici, à Princeton, le style des filles ne fait pas peur aux garçons. Alors peut-être que ces étudiantes parfaites ont encore une chose ou deux à apprendre.

Ah ! Comme si j'avais de quoi parler ! Regardez-moi : un t-shirt noir et des jeans coupés. Oh oui, Livia, tu fais vraiment peur.

À la cafétéria, un Britannique qui s'appelle Adam et qui est ami avec Jeff est venu nous voir et m'a saluée. Il a dit qu'il m'avait déjà rencontrée à Manchester.

Il est à l'université, lui aussi. C'est vrai que j'ai rencontré plusieurs amis de Jeff quand je lui ai rendu visite, mais ils étaient si nombreux, et j'étais si timide que je gardais la tête baissée. En plus, j'étais très déprimée à cette époque, pour des raisons que je devrais exposer dans une étude de cas. Je ne me souvenais pas d'Adam, mais j'ai fait semblant de le reconnaître.

– Ah ! oui ! dis-je. Tu étais à cet endroit, là… euh, j'en ai oublié le nom. Mais, bien sûr, je me souviens de toi.

Adam plissa légèrement les yeux et fit un petit sourire en coin.

– Menteuse.

J'étais si gênée que je poussai un rire nerveux, un unique *Ha !* bien fort.

– Oui, repris-je en essayant de décider rapidement si j'allais mentir à nouveau. Oui, je t'assure, je me souviens.

Cette fois, son visage se détendit et il fit un beau grand sourire.

– Tu ne te souviens tellement pas de moi ! D'accord, alors je vais te donner un choix de réponses. Est-ce qu'on avait parlé de nanorobotique, de Wayne Rooney ou de maquillage ?

– De nanorobotique, bien sûr, répliquai-je en pensant que si j'étais pour bluffer, je ferais aussi bien de le faire avec aplomb.

Et puis, il était impossible que j'aie parlé de Wayne Rooney, et encore moins de maquill… Oh ! *là*, je me suis souvenue de lui. Nous avions parlé de maquillage.

– Non ! criai-je, interrompant ce qu'il était sur le point de dire. Tu m'as donné un mouchoir, ajoutai-je doucement.

Je rendais visite à mon frère durant sa première année d'études. J'avais seize ans, et je me sentais un peu dépassée de voir mon frère dans cet environnement universitaire. Ça semblait très loin de sa vie à la maison, un peu dangereux et non protégé. J'étais sortie acheter de la gomme à mâcher ; c'était une excuse que j'avais donnée. En réalité, j'étais bouleversée et j'avais besoin d'aller dehors verser quelques larmes. Je pensais m'en être tirée sans que personne s'en rende compte. Je n'avais pas réalisé que j'avais deux énormes lignes de mascara noir qui avaient coulé sur mes joues.

En rentrant, j'avais croisé Adam qui sortait et il m'avait demandé si ça allait. J'avais répondu « Oui, bien sûr ! Pourquoi ça n'irait pas ? » Il avait brièvement pointé ses joues et m'avait tendu un porte-clés en métal brillant en guise de miroir pour que je voie mon visage strié de noir. Il m'avait donné un mouchoir et, une fois que j'eus terminé d'essuyer mes joues, il m'avait assuré que cela ne paraissait plus. J'avais radoté durant une minute sur les problèmes du mascara, puis nous avions tous les deux repris nos directions respectives.

Adam étudie l'informatique à Manchester, mais il passe l'été à Princeton avec son frère Dougie, qui est plus âgé que lui et qui étudie ici à temps plein. Il paraît que c'est un genre de génie de l'informatique. Ils travaillent ensemble à un projet de programmation. Par contre, quand il a commencé à m'expliquer de quoi il s'agissait exactement, mon cerveau s'est embrouillé et j'ai dû me retenir de lui demander : « Comment est-ce qu'un gars comme toi peut en connaître autant sur les ordinateurs et être aussi mignon à la fois ? » Il a les cheveux brun foncé, un peu longs, qui retroussent sur ses oreilles. Ses yeux sont bruns, avec de longs cils noirs qui rendent son regard un peu plus ténébreux, et il a une stature parfaite, comme un long triangle à l'envers. Il était bien habillé, aussi. Il portait un t-shirt gris avec des motifs d'un gris un peu plus foncé, et un jeans gris délavé. Il avait, vous savez, le corps parfait pour porter un t-shirt et des jeans. Je ne sais pas pourquoi je parle tant de stature et de corps, tout à coup. En tout cas, dans ce domaine-là, tout va très bien pour Adam.

Beaucoup de garçons qui sont très calés en informatique ont tendance à avoir le teint blême et une passion pour la science-fiction. Il n'y a rien de mal là-dedans ; je suis moi-même une fan de science-fiction au teint blême. Mais je ne suis pas pour autant attirée par d'autres phénomènes comme moi. Espérons donc qu'Adam n'est pas aussi difficile que moi.

Je lui ai parlé du blogue que j'ai commencé, mais je me suis bien gardée de lui dévoiler le but ultime de mon projet, c'est-à-dire de mettre en pratique mes connaissances sur l'amour, parce que je savais que j'aurais passé pour une folle.

– Et où est-ce que je peux le lire ?

– L'accès est bloqué. Je veux dire, privé. Je ne veux pas, euh… en réalité, c'est plutôt comme un journal intime.

– Ah ! Je croyais que le principe d'un blogue était d'être public ?

– Eh bien, utiliser un site de blogue me permet de tenir mon journal à partir de n'importe où, même lorsque je n'ai pas mon propre ordinateur avec moi. C'est plus sûr, aussi. Il n'est pas nécessaire de faire des copies de secours. J'aime bien lire les blogues, mais en ce qui me concerne, je ne suis pas prête à ce que le mien soit lu. Ce n'est pas la raison pour laquelle j'ai décidé de l'écrire.

– Pourquoi l'écris-tu, alors ?

– N'as-tu jamais tenu de journal ?

– Non.

Je haussai les épaules.

– Tu devrais peut-être essayer.

– Mais pourquoi ? À l'école, j'ai toujours détesté écrire les dissertations du genre « Comment j'ai passé mes vacances d'été », et là, tu me dis que je devrais le faire pour le plaisir ?

– Eh bien, tu apprends à te connaître un peu mieux. Tu écris à propos de ce qui t'arrive dans le moment présent. Après un certain temps, quand tu ne te souviens plus exactement de tes sentiments, tu peux te relire et comprendre si tu t'étais trompé ou si tu avais visé juste. C'est toujours étonnant de voir comme notre attitude change. Certaines choses qui prenaient autrefois beaucoup d'importance peuvent sembler tout à coup complètement insignifiantes, au point de se demander pourquoi on s'en faisait tant avec cela. D'autres fois, on se rappelle les petits détails qu'on avait oubliés, des choses vraiment agréables, et quand elles refont surface, c'est...

J'oscillais tout à coup entre une joie pétillante et un malaise inconfortable à propos du fait que *j'aime les journaux intimes.* Je relis et conserve précieusement tous les miens, même s'ils me font parfois grimacer.

– Désolée... Je me sens un peu ridicule. Je suppose que j'aime l'idée qu'il s'agit de livres dont je suis le personnage central, avouai-je en souriant, de peur d'avoir l'air vraiment bizarre. De toute évidence, je suis très vaniteuse.

– Je ne le pense pas, me rassura Adam.

Il souriait lui aussi, mais pas à cause de ma petite blague. Son sourire était plus doux, et son regard soutint le mien jusqu'à ce que je sente mes joues commencer à rougir. Avoir le teint d'une rousse est une malédiction.

Vous n'avez qu'à sentir monter la moindre émotion que vos joues la dévoilent à tout le monde qui se trouve dans la pièce.

– Et sur quoi écriras-tu aujourd'hui ? me demanda-t-il.

– Euh, je ne sais pas. Il n'est rien arrivé de particulier aujourd'hui. Je souffre encore un peu du décalage horai...

– J'ai parlé avec un Anglais vraiment ennuyant, m'interrompit-il. Je ne peux pas croire que j'ai parcouru la moitié du globe pour être prise avec un des amis de mon frère de Manchester. Tu écriras ce genre de truc ?

– Non ! gloussai-je.

– Tu sais ce que j'aimerais que tu écrives ?

– Quoi donc ?

Je tremblais, littéralement.

– J'ai croisé pour la deuxième fois un garçon qui s'appelle Adam.

Il fit une pause, et un silence s'installa suffisamment longtemps pour que je craigne devoir le remplir. Quand il se remit à parler, son ton avait changé, il était plus léger, plus distant.

– En effet, c'est plus difficile que ça en a l'air, n'est-ce pas ? Je pense que je devrais te laisser faire.

Donc : J'ai croisé pour la deuxième fois un garçon qui s'appelle Adam et…

Il a raison, c'est plus difficile qu'on le croit.

Blogue

Dans la tête d'Adam
Bon titre, hein ?

**22 juillet**

On ne peut rien y faire : les journaux intimes sont pour les filles. Les filles adorent ces choses-là. Autrefois, ma sœur en recevait un chaque année pour Noël et le gardait caché sous le gros éléphant en peluche rose (colonel Trompette) dans le haut de sa garde-robe. Et comme si ça ne suffisait pas, elle en fermait le verrou à clé. À ce que je sache, elle ne travaillait pas comme espionne pour le gouvernement britannique. Il s'agissait là, à mon avis, de mesures de sécurité excessives.

Je dis cela, mais en créant ce blogue, j'ai utilisé une fausse adresse courriel et vérifié cinq fois pour m'assurer que mon blogue ne serait pas accessible au public, comme celui de Livia. J'ai fait une recherche. C'est bon, il est sécuritaire. Pas moyen d'en trouver la moindre trace. J'ai évidemment fait une recherche pour trouver le sien aussi. Sans succès non plus.

Livia est la sœur de Jeff Stowe. Je l'ai revue aujourd'hui et, croyez-le ou non, c'est pour cette raison que j'essaie d'écrire un blogue. Juste parce que je m'ennuie et parce qu'on a parlé de blogues. Et peut-être aussi parce qu'une partie de moi espère qu'elle réussira à le trouver et qu'elle réalisera que je suis tombé amoureux d'elle aussi vite que la première fois que je l'ai vue. C'était à Manchester, je l'avais croisée, elle venait de pleurer et... Vous savez, il y a des filles que vous avez juste envie de prendre dans vos bras et de vous laisser enlacer par elle ? J'aurais dû lui proposer une sortie ou quelque chose, aujourd'hui. Juste comme ça, par exemple : « Je suis britannique, tu es britannique, allons rire des Américains ensemble. » Au lieu de cela, je lui ai posé une série de questions ennuyantes, et j'ai beaucoup trop parlé de moi. Et maintenant, je pense beaucoup trop à elle, et je suis revenu créer un blogue. Arrête d'être un cinglé, Adam.

Je pense que je devrais l'inviter à sortir. Mais c'est la sœur d'un ami, alors je ne suis pas sûr que ce soit une bonne idée. Mon frère me suggère de l'inviter au genre de *party* qu'il donnera dans quelques jours. Ou encore, pour reprendre les mots de Dougie : « Pourquoi es-tu aussi *fifille* à propos de ça ? Invite-la, c'est tout. » Mais les amis de Dougie seront là et je ne sais pas si elle serait à l'aise avec eux. Ils vont probablement regarder des films de *La guerre des étoiles*... Proposer à une fille de regarder des films de science-fiction, pour une première *date*, c'est à peu près l'équivalent de porter un t-shirt où il est écrit : « En passant, je ne crois pas vraiment à l'importance de l'hygiène corporelle. »

Selon Livia, lorsque je relirai ce que je viens d'écrire, je me comprendrai un peu mieux. Malheureusement, je pense que je me comprends déjà un peu trop bien. Et je pense que les journaux intimes, c'est vraiment une affaire de filles.

23 juillet

Il faut que je parle un peu de mon passé avant de poursuivre. Je serai aussi brève que possible, c'est promis. En fait, ma vie est encore toute emmêlée dans cette histoire et je… J'ai vécu des moments vraiment difficiles. Ça me trouble d'écrire à ce sujet. Je veux écrire ma précieuse analyse de l'amour, et non pas rester là à pleurer en me rappelant cette période. Tiens, juste d'y penser, j'ai déjà les larmes aux yeux ; ça me fait toujours le même effet. Je ne suis pas encore capable d'en parler facilement. Cela donne sans doute l'impression que je m'apitoie sur mon sort.

J'ai reçu un diagnostic de leucémie juste avant mes quatorze ans. J'avais d'abord cru que Darren m'avait refilé une mononucléose, car j'avais commencé à avoir mal à la gorge peu de temps après l'avoir embrassé et qu'il avait alors un genre de toux. Il toussotait pour s'éclaircir la voix. Innocemment, je pensais que c'était la preuve que je l'avais bel et bien embrassé sur la bouche, et non sur la joue ! Je rêvais de me planter devant la classe et de crier de ma nouvelle voix rauque : « Hé, tout le monde ! Écoutez ça ! Scraaaar. (C'est le bruit que je faisais en respirant à ce moment-là.) Ouais, je l'ai juste embrassé sur la joue, hein ? Alors pourquoi est-ce que j'ai attrapé sa vilaine toux ? Scraaaar.» Mais je ne suis pas le genre de fille à bavasser. J'ai donc bouilli de rage en silence et je lui ai lancé des regards menaçants de colère.

Entretemps, la vilaine toux ne s'atténuait pas du tout. Chaque matin, au réveil, la première chose qui me venait à l'esprit était le fait que j'avais vraiment mal à la gorge. Après des *semaines*, je suis allée voir le médecin et… Lorsqu'on vous annonce la nouvelle, vous vous dites : « Oh ! la leucémie… j'ai lu des choses à ce sujet, c'est terrible, ça y est, je suis morte.» Le pire était de sortir du bureau du médecin pour retrouver ma mère et l'emmener avec moi dans le bureau. Elle lisait de manière nonchalante un numéro préhistorique du magazine *Hello* («Le roi Henri VIII révèle tous les détails de sa séparation avec Anne»), en attendant patiemment comme toujours lorsqu'elle m'accompagnait chez le médecin. Elle avait tout de suite deviné que quelque chose n'allait pas. Elle l'avait lu dans mon regard. Quand je lui avais annoncé qu'on ne pouvait pas encore rentrer à la maison, elle avait demandé :

– Qu'est-ce qui ne va pas ?

Sa voix avait résonné très fort, comme si elle était au bord d'une crise d'hystérie, et les gens s'étaient retournés pour nous regarder.

Au tout début, on m'a fait prendre des stéroïdes. Ceux-ci peuvent faire grossir. J'ai grossi. Je sais que je venais tout juste de recevoir un diagnostic de cancer et que j'avais des soucis beaucoup plus importants à considérer. Aussi, j'avais des amies plus grosses que moi qui étaient tout à fait sexy et jolies. D'ailleurs, j'aurais changé de place avec elles n'importe quand. Mais tout de même, le fait de grossir en sachant que c'est hors de votre contrôle donne le sentiment que... C'est la goutte qui fait déborder le vase. C'est une malchance de plus, qui est presque comique, mais qui est de trop, et qui vous donne envie d'abandonner. Vous avez le cancer, et vous achetez des jeans de taille 16, alors qu'il y a quatre mois, vous en portiez de taille 8. Le cancer n'est-il pas censé vous faire fondre à vue d'œil ? Je n'avais vraiment pas besoin de ça ou de quoi que ce soit d'autre pour me faire sentir encore plus mal.

Chaque fois que j'avais un rendez-vous chez le médecin, ma mère m'accompagnait et on se disait que, cette fois-ci, le médecin allait nous dire que tout avait fonctionné. On se disait qu'on pourrait enfin recommencer à sourire, et à vivre, toutes les deux. On y croyait vraiment, parce qu'on le voulait tellement. Mais au lieu de cela, la voix du médecin devenait grave, et les nouvelles étaient encore mauvaises. On sortait en silence et j'essayais de ne pas pleurer, pour ma mère, mais les larmes coulaient malgré moi. On aurait dit que les muscles qui servaient habituellement à les retenir étaient brisés.

À ce point-là, une part de moi souhaitait mourir pour en finir au plus vite, parce que j'étais fatiguée de faire subir toute cette épreuve à ma famille. Je pensais que si je mourais, ils n'auraient plus à s'en faire pour moi et à entendre des nouvelles de plus en plus mauvaises. J'avais l'impression de les décevoir chaque fois que les traitements échouaient. *Ils* faisaient tout ce qu'ils pouvaient, c'est-à-dire me soutenir, m'acheter des cadeaux, me faire sourire et attendre que je fasse ma part : aller mieux. Je n'arrivais même pas à faire ça pour eux. Parfois, je rêvais d'entendre le médecin dire : « Écoutez, nous sommes tous *vraiment désolés* de vous l'annoncer, mais on a tout essayé et le mal a trop progressé ; ça ne peut pas se guérir. » Au moins, j'aurais pu lâcher prise. On entend toujours parler de gens qui *luttent* contre leur maladie. On dirait que ce n'est jamais censé être une question de chance. Si vous ne guérissez pas, c'est évidemment de votre faute ; vous ne faites pas suffisamment d'efforts.

Mais comment faire des efforts ?

Vous regardez votre corps et il y a des parties de vous-même que vous ne pouvez pas toucher, maîtriser ou voir. Vous pensez à ces parties, mais c'est tout ce que vous pouvez faire, penser : « Allez, petites cellules, faites votre travail, vainquons cette maladie. »

Et il ne se passe rien.

Ce n'est pas comme si vous pouviez faire de l'exercice. Ou suivre un régime, ou manger davantage. Ou *étudier*. Vous ne pouvez rien *faire*. Mais ça ne rend pas les choses plus faciles. Le pire, ce ne sont pas les effets secondaires des médicaments ou la douleur et la fatigue liée à la maladie. Le pire, c'est d'être brave pour que personne ne sache que vous êtes triste TOUT LE TEMPS. Ils savent que vous êtes triste de temps en temps, et ils peuvent faire face à cela et vous soutenir durant ces moments. Mais si ma mère avait su à quel point j'étais triste et épuisée, et que j'avais envie de pleurer chaque minute de chaque jour, elle n'aurait pas pu surmonter cela. Être brave n'est pas un trait de votre personnalité. C'est votre devoir. C'est ce que vous devez aux gens qui vous aiment.

Donc, je n'ai pas tout dit à ma mère. Je ne lui ai pas confié que je me sentais seule à l'hôpital, la nuit, et que j'avais parfois peur que des fous entrent au hasard dans ma chambre et me tuent. Ou encore que j'entendais le crissement des semelles de caoutchouc de l'infirmière quand elle arpentait le couloir, ou le grincement de son charriot. Et que j'aurais aimé qu'elle vienne parler avec moi, mais que j'étais trop gênée pour le lui demander. Et que je me réveillais à cinq heures chaque matin et souhaitait fort, fort, fort pendant des heures que ma mère arrive vite pour me dire bonjour, et qu'à la minute où elle arrivait tout allait mieux, mais que le compte à rebours jusqu'à son départ était déjà commencé.

OK, sérieusement, dépêchons-nous de revenir au sujet principal : l'amour. *De toute évidence*, ils m'ont trouvé une cure, et ça n'avait rien à voir avec ma capacité à devenir plus brave, plus forte ou à faire plus d'efforts. C'était juste une question de chance. Une chance incroyable. Je suis plus attentive que les gens de mon âge à l'histoire d'autres adolescents malades, et je sais que, quand ils ne vont pas mieux, ce n'est pas parce qu'ils ont été plus paresseux ou plus faibles que moi. Alors il m'arrive de me sentir coupable d'être encore là, et j'espère être à la hauteur et faire quelque chose de bien avec cette deuxième chance que la vie m'a accordée. Je ne peux pas tenir la vie pour acquise.

À seize ans, j'avais survécu à des greffes de moelle osseuse, et je n'avais plus qu'à faire des examens de santé plusieurs fois par année. Je perdais du poids, mais j'étais encore ronde. J'étais terrifiée à l'idée que des gens que je n'avais pas croisés depuis longtemps me voient dans cet état. J'avais été absente de l'école pendant plus d'un an et je n'avais eu aucune vie sociale durant toute cette période. Je me sentais bizarre – *j'étais* bizarre.

C'est drôle, quand vous êtes à l'écart de la vie étudiante, vous développez en même temps une étrange confiance en vous. Premièrement, vous faites carrément face à des questions de vie ou de mort qui vous concernent directement, alors vous cessez de vous en faire avec des petites choses qui vous obsédaient auparavant. Pour ma part, il s'agissait de banalités comme de savoir si mon nez était légèrement courbé vers la droite, ou si les muscles près de mes genoux étaient plus gros que la normale. Vous arrêtez de vous demander si votre derrière a l'air gros dans tel ou tel vêtement après avoir pris plus de deux livres et les avoir reperdues. Puis vous réalisez combien vous étiez mince quand vous pensiez être grosse.

Ça va encore bien plus loin que ça : à l'hôpital, tout se passe comme si vous étiez dans un monde irréel où le temps se serait arrêté. Les gens ont pitié de vous, ils sont gentils et vous disent combien vous êtes jeune et jolie. C'est tellement différent de l'école. L'école ressemble davantage à une jungle effrayante : n'importe qui peut s'en prendre à vous n'importe quand juste pour le plaisir, vous ne vous y sentez pas jeune et jolie, et vous devez constamment surveiller vos arrières. Quand vous passez d'un endroit à un autre, l'étrange confiance artificielle que vous aviez acquise vous éclate en pleine figure comme une bulle de gomme. Vous savez très bien que les autres jeunes sont au courant de votre situation et qu'ils savent qu'ils sont censés être gentils avec vous, mais, puisque vous êtes devenue étrange et tout, ce ne sera pas facile pour eux.

Étude de cas B : Luke

Quand je suis revenue à l'école, j'ai découvert que mes amies étaient devenues les reines de l'endroit. Au moment où je suis entrée à l'hôpital, tout le monde que je connaissais était à peu près aussi cool que moi, c'est-à-dire pas cool du tout. À mon retour, je me suis retrouvée dans un genre de boîte de nuit où tous les gens flânaient dans des aires communes, vêtus de leurs propres vêtements, en écoutant de la musique à tue-tête et en parlant de sexe – en plein jour.

Bienvenue au cycle préuniversitaire !

Vous voyez, encore une fois, j'ai l'air d'une vieille folle : des étudiants se comportent comme *ça* ? *En plein jour* ? Je dois vite le dénoncer dans les journaux !

Je ne m'étais pas préparée à ce que tout le monde soit tout à coup aussi plein de confiance que ça. Je ne m'attendais pas non plus à voir autant de nouveaux visages. Mon école offre l'un des rares programmes préuniversitaires dans une région plutôt vaste. C'est ainsi que beaucoup de groupes de différentes écoles secondaires se retrouvent mélangés à ce niveau de leur scolarité. Certaines personnes provenant d'autres écoles viennent à la nôtre, et certaines personnes quittent la nôtre pour suivre un programme préuniversitaire offert dans une autre école ; tout dépend des matières que l'on souhaite étudier. Il existe des programmes plus avancés qui proposent le droit ou la psychologie. Notre école est plutôt conservatrice, mais elle est reconnue comme une institution solide et fiable.

Je n'ai pas commencé l'année scolaire à la rentrée. Je me suis donc sentie comme une nouvelle venue durant quelques semaines, même si mes amis étaient là et me protégeaient. J'espérais que mon retour n'ait pas été annoncé publiquement, vous savez, comme « la fille qui a eu la leucémie revient parmi nous ». Mais, d'un autre côté, je ne voulais pas être obligée de parler de mon état de santé à qui que ce soit ou d'expliquer pourquoi je commençais le trimestre en retard. Je voulais juste prendre ma place discrètement sans me faire regarder de travers. Je n'étais pas habillée comme tout le monde, parce qu'il faut vraiment se tenir avec d'autres adolescents pour savoir comment tout le monde s'habille et y penser tous les jours. J'avoue que je n'y avais pas pensé depuis un moment. Mes vêtements étaient neufs et je les aimais quand je les avais achetés ; j'étais allée faire quelques virées de magasinage avec ma mère en prévision de ma rentrée. Mais ils n'étaient pas tout à fait à la mode. Mes jupes étaient un peu trop longues, mes chaussures trop ordinaires ; en fait, mon look était trop « scolaire ». J'imagine que mes amis étaient allés magasiner ensemble. Il y avait un look maintenant – pas juste une mode, mais plutôt un genre d'uniforme qui n'avait rien à voir avec un uniforme d'école. Et aucun de mes vêtements ne correspondait à ce style.

J'étais donc différente à plusieurs égards, et j'étais obsédée par l'idée que les autres m'observaient et parlaient de moi. Petit à petit, je réalisai que ce n'était pas le cas ; c'était même tout à fait le contraire. Je passais *complètement* inaperçue la plupart du temps. Je me sentis seule, délaissée et pas à ma place. Des gens que je connaissais bien auparavant, mais de qui je n'étais pas particulièrement proche, se montraient gentils et me demandaient comment j'allais, mais sans plus. Tout d'abord, je ne parlais pas vraiment aux gens que je ne connaissais pas, et je ne m'attendais pas à ce qu'ils me parlent non plus.

Et puis, quelqu'un le fit : Luke.

– Eh ! Rouquine ! Quand faut-il remettre la dissertation sur *Les Hauts de Hurlevent* ?

Un garçon à la chevelure foncée, avec un t-shirt vert arborant une image d'Elvis, regardait dans ma direction et attendait une réponse. Je ne croyais pas que la question s'adressait à moi, alors je m'étais contentée de froncer les sourcils et d'afficher un air vraiment idiot.

– T'es dans le groupe d'anglais de Gresham, non ? demanda-t-il en s'adressant clairement à moi cette fois-ci. Allô ? Est-ce que tu... parles ? ajouta-t-il d'un ton à demi-moqueur, mais avec des yeux brillants et rieurs.

– Euh... oui, répondis-je en clignant des yeux sous ma frange. Je ne pensais pas que tu me parlais.

– Tu es dans le cours d'anglais avec moi, n'est-ce pas ? N'étais-tu pas celle qui était assise en avant, à droite, et qui poussait des petits cris aigus quand on parlait de Heathcliff ?

J'éclaircis ma voix pour qu'elle ne sonne pas trop aiguë. Mais je ne savais pas quoi dire. Il était tellement *impoli* et il ne me connaissait même pas ! J'étais toute seule devant lui, donc je ne pouvais pas l'ignorer et me mettre à parler avec quelqu'un d'autre. Je me sentis fragile, comme si mon corps nouvellement réparé allait tomber en morceaux si quelqu'un m'ébranlait le moindrement.

– Il faut remettre la dissertation lundi prochain, répondis-je poliment.

Je commençai à ramasser mes livres pour les mettre dans mon sac et partir. Il vint s'asseoir sur la chaise à côté de la mienne et posa sa main sur mon genou. Ouh…

– Bon, OK, la rouquine. Ne sois pas si froide. Je voulais juste te dire bonjour.

– Eh ben… t'as dit que j'avais poussé des petits cris aigus, répliquai-je en fixant sa main et en me demandant si je devrais la déplacer ou dégager ma jambe.

J'essayais de le repousser tout en flirtant, mais ce n'est pas l'impression que je donnai.

– « Eh ben… t'as dit que j'avais poussé des petits cris aigus ! » cria-t-il très fort avant d'éclater de rire.

Mon Dieu ! Il était tellement méchant ! Mais j'étais figée. Je le regardais fixement, en respirant rapidement.

C'est là que je commençai à tomber amoureuse de Luke.

Ouais, je sais, c'est *stupide*, non ? Un gars te tyrannise, et tu craques pour lui. Mais Luke avait un avantage sur les autres garçons avec qui j'avais grandi.

À ses yeux, je n'étais pas la fille qui avait eu la leucémie et qui avait passé plein de temps à l'hôpital. J'étais une étrangère aux cheveux roux, avec un passé mystérieux, et il m'avait remarquée parce qu'il aimait mon allure. En ce qui concernait mes vieux amis, je cherchais désespérément à leur montrer que je n'avais pas changé et qu'ils n'avaient pas à me traiter différemment. Je voulais qu'ils sachent que j'étais normale et la même qu'avant, parce que je ne voulais pas croire que j'étais « abîmée ».

Luke ne savait rien de ma personne « normale ». Cela signifiait que le côté de moi qui avait toujours voulu être plus drôle, plus relaxe et spontané, pouvait maintenant exister. On aurait dit que Luke faisait ressortir tout ça en moi ; et c'est pourquoi j'avais craqué pour lui. Tout le monde faisait tellement attention à moi, en commençant par les gens à l'hôpital, sans oublier ma famille et mes amis. Luke, quant à lui, me taquinait, mais il était aussi maladroit et très drôle, et j'avais *besoin* de ça. J'avais besoin que quelqu'un fasse le clown et me secoue un peu. Quelqu'un qui ne serait pas toujours en train de vérifier si j'étais sur le point de mourir. Quelqu'un qui me prendrait par la main et me ferait courir à en perdre haleine. Vous comprenez ?

Pour la première fois depuis que j'étais assez vieille pour m'en faire à propos de tout, *je* faisais le clown et je faisais des folies et je riais aux larmes. Par exemple, je l'ai présenté à mes oursons en peluche ; pouvez-vous le croire ? Avant, quand mes amies venaient, je les cachais dans ma garde-robe. Luke a donné à mes oursons des voix comiques et les faisait parler. (« Bonjjjjouuur Liviaaaa, c'est le Gros Nounourrrrs Poilu qui te parle. »)

Ce qui était vraiment nouveau pour moi, c'était de me sentir aussi détendue en ayant quelqu'un aussi près de moi, physiquement. Luke s'accrochait à moi sans se rendre compte de ma maladresse. Il me prenait tout le temps dans ses bras, posait la main sur mon genou lorsqu'il me parlait, de la même manière qu'il l'avait fait la première fois où on s'était parlé. Je me suis surprise à mettre mon bras sur ses épaules, ou à lui ébouriffer les cheveux quand je me moquais de lui gentiment. C'était spontané et facile. Mais c'était aussi quelque chose qui n'avait pas été naturel pour moi jusque-là et que j'aimais me voir faire.

Ah ! En passant, est-ce que j'ai mentionné qu'on s'était embrassés ?

Oh oui ! Et au fait, il s'est avéré que c'était *juste* Darren que je n'aimais pas embrasser.

Luke et moi avons commencé rapidement à ressembler à un couple. On se tenait ensemble après l'école et on se rendait ensemble à des fêtes. On allait jouer aux quilles avec d'autres couples et on appelait notre équipe Lenny et Penny, sur le tableau de pointage, en référence à un couple dans une série télévisée populaire. Quand vous avez un véritable petit ami, tout ce qui est stupide devient acceptable, et tout ce qui fait peur devient rassurant. Il parle à votre place quand vous n'avez pas envie de parler. Vous pouvez parler de lui à d'autres personnes quand vous ne trouvez rien d'autre à dire, et vous pouvez répéter des choses qu'il vous a dites et faire semblant que c'était votre idée.

Je lui ai dit, bien sûr. À propos de ma maladie. Eh bien, je lui en ai raconté une partie, par petits bouts. Ça ne semblait pas le déranger.

– Donc, tu es guérie, maintenant, n'est-ce pas ? fit-il, soucieux, en penchant légèrement la tête et en fronçant ses beaux sourcils épais.

Il avait un regard sombre et profond qui semblait me comprendre. Nous étions assis sur des balançoires, dans le parc, même si une enseigne en métal vissée dans la barre du haut de la structure indiquait qu'il était interdit à quiconque âgé de plus de douze ans de les utiliser. Le soleil se couchait derrière une rangée de maisons, et les rayons chauds donnaient à sa peau un bel éclat. Nous avions fait tourner nos balançoires sur elles-mêmes – j'avais commencé ce manège par nervosité, quand je lui parlais de la maladie, et il m'avait imitée. Nous étions maintenant face à face, à maintenir les chaînes immobiles en gardant les pieds bien plantés dans le sable.

– Je vais bien, maintenant. Tout va bien.

– OK, tant mieux.

Il se pencha pour caresser ma joue avec son pouce, puis se rapprocha un peu plus pour m'embrasser doucement sur le front, et finalement sur les lèvres. Ensuite, nous avons laissé nos balançoires se dérouler sur elles-mêmes. Alors qu'elles prenaient de la vitesse, je commençai à rire jusqu'à ce que ma balançoire s'arrête complètement. J'étais étourdie de toutes sortes de manières, et je savais que j'étais amoureuse de lui.

Par contre, je ne l'ai pas dit à Luke, même si lui me répétait tout le temps qu'il m'aimait. Je ne savais pas s'il le pensait sincèrement, ou s'il voulait me le faire croire ; il le lançait trop facilement. J'avais lu que si on se montre trop fortes avec les garçons, ça les repousse. Or, je ne voulais rien faire qui puisse le repousser. Je ne sais pas si j'ai fait quelque chose de mal.

Mes amies me jurent qu'il est stupide. Je veux dire, Boo aime tout le monde et me dit qu'il a peut-être juste paniqué et que la maladie est difficile à accepter pour n'importe qui. Quant à Saira, elle est toujours fâchée quand l'une d'entre nous a de la peine, et elle est surtout fâchée contre Luke. Elle dit qu'il est immature. Mais je sais que tous mes amis ont trouvé difficile d'agir normalement en ma présence quand j'étais malade.

J'ai dû retourner à l'hôpital pendant une semaine pour me faire administrer des médicaments par intraveineuse. Mes médecins croyaient que j'avais une rechute, mais j'allais bien ; c'était juste un petit problème mineur. Luke n'est pas venu me rendre visite. Il m'a envoyé une carte par l'entremise d'Hannah et de Boo, dans laquelle il écrivait qu'il ne supportait pas les hôpitaux. Il expliquait que c'était parce que son grand-père était mort à l'hôpital quelques années plus tôt, et que l'odeur des couloirs et la couleur des murs lui rappelaient de mauvais souvenirs. Je comprenais, mais je me sentais vraiment stupide d'ouvrir la carte et de la lire devant Hannah et Boo. C'est tellement embarrassant quand votre petit ami vous envoie bêtement une carte en la confiant à vos amis et ne vient même pas vous voir.

Après mon séjour à l'hôpital, je devais passer quelques semaines au lit, et il avait toujours une excuse pour ne pas venir chez moi non plus. Au début, ça me blessait. Ensuite, la colère a pris le dessus. Et quand je fus remise sur pied, j'étais trop fâchée pour lui téléphoner, mais j'aurais dû le faire. Après, j'ai regretté longtemps de ne pas l'avoir rappelé et je me suis culpabilisée. Si seulement je l'avais appelé tout de suite, avant qu'il soit trop tard, et lui avais demandé si quelque chose s'était passé, alors peut-être qu'on serait encore ensemble.

Je me répétais sans cesse que je n'aurais pas dû le bouder ainsi. Cela avait sûrement fait paraître ma rechute pire qu'elle ne l'était. Ou peut-être qu'il avait juste peur de ne pas être assez sensible, ou de me faire mal, ou quelque chose comme ça. Peut-être que j'avais trop attendu et que les choses avaient trop changé entre nous pour qu'on reprenne là où on les avait laissées. Mais au fil du temps, et avec l'aide de mes amies (surtout de Saira), j'ai fini par réaliser que ce n'était pas vraiment à moi de le pourchasser. Luke avait choisi de ne pas rester avec moi.

Il m'avait envoyé quelques messages texte pendant que je me rétablissais à la maison. Il me disait qu'il avait beaucoup de travail. Ces messages me faisaient malheureusement penser au fameux courriel que j'avais envoyé à Darren à propos de ma « pratique de flûte ». Finalement, je lui ai renvoyé un texto demandant :

Quand est-ce qu'on se voit ?

Et j'ai attendu.

Après, mes amies ont beaucoup insisté sur le fait que Luke avait été égoïste. Et elles avaient raison : il est égoïste. Je suis sûre qu'il aurait pu terminer les choses plus gentiment. Mais ça ne change rien. Il ne voulait plus sortir avec moi, *peu importe* la raison. Je suppose que c'est parce que j'étais retombée malade et qu'il n'aimait pas cela. Ça me semble être l'explication la plus évidente. Mais peut-être que l'idée lui trottait dans la tête depuis un moment et que je n'avais rien remarqué, et que le moment était propice pour me laisser pendant qu'on était chacun de notre côté ? Qui sait... On ne peut forcer personne à vouloir être avec nous.

Le pire, c'est de ne pas savoir pourquoi. Bien sûr, je m'inquiète à l'idée qu'il n'existe sans doute aucun garçon capable de m'aimer telle que je suis, avec ma maladie et tout ce que j'ai vécu. J'ai peur d'être trop abîmée. J'ai l'impression que les garçons ne pourront jamais me percevoir comme une fille pas compliquée, jolie, et même sexy (!), et me verront toujours comme une personne qui a été malade, peu importe le temps qui a passé et que je sois maintenant en santé. Vous savez, ils vont apprendre que j'ai été malade, puis ils se diront que c'est trop compliqué, et ils tourneront les talons et poursuivront leur chemin. Je pense à cela sans arrêt. Je déteste être différente, devoir expliquer et traîner tout ce boulet. Je ne peux pas blâmer les gars ; c'est comme ça qu'ils réagissent. Ça ne donne rien à Saira de se fâcher pour ça.

Laissez-moi vous faire un aveu terrible ; c'est quelque chose que je n'ai jamais dit à personne. À l'hôpital, j'ai rencontré des garçons de mon âge qui avaient la leucémie. Je leur ai parlé un peu, et j'ai noué avec eux des liens qu'on ne peut comprendre si on n'a jamais été aussi gravement malade. Ils sont peut-être super beaux et tout à fait mon genre, c'est-à-dire drôles, forts, etc. Mais quand je pense à eux, je me dis : « Oh, la leucémie… Je ne sais pas. C'est trop compliqué. »

Donc, peu importe si c'est ma faute ou non, ça reste mon problème.

Le dernier message texte de Luke m'est parvenu une journée plus tard. J'imagine que ce n'est pas un si long délai, mais comme j'avais vérifié mon téléphone au moins six cents fois entretemps, ça m'a paru interminable. J'avais fixé le téléphone toute la journée. Lorsque l'icône de la petite enveloppe était enfin apparue sur mon écran, j'étais tellement contente que mon cœur s'était arrêté une seconde.

Le message disait :

> Désolé. Il vaut sans doute mieux que je sois honnête. Écoute, avant que tout ça arrive, j'avais réfléchi et je me disais que notre histoire était devenue sérieuse un peu trop rapidement. Je n'étais pas vraiment prêt. Je propose qu'on profite de cette pause pour réfléchir. On verra comment on se sent par la suite. Désolé, rouquine.
> L.

J'étais trop assommée pour lui demander des explications ou de me donner une autre chance. J'étais tellement embarrassée que je me sentais malade et faible, comme si j'étais faite en papier et qu'on pouvait me rouler en petite boule et me jeter à la poubelle. À l'école, j'aurais voulu me couvrir le visage. Avait-il demandé conseil à tous ses amis ? Lui avaient-ils dit que je ne valais pas la peine ? À combien de personnes avait-il parlé de nous, et que savaient-ils ? Étaient-ils tous en train de dire que c'était une bonne idée de me quitter ?

Après son message texte, je n'ai pas essayé de le revoir en tête à tête ; j'étais trop fière pour lui montrer à quel point j'étais blessée. Je l'ai vu à l'école et on s'est parlé normalement, comme si de rien n'était. Par contre, je ne savais pas quand le regarder dans les yeux, ni *combien de temps* soutenir son regard. Quand nos yeux se croisaient, c'était comme si je me faisais gifler ; je voulais juste reculer. Quand on se retrouvait dans un groupe ou dans un cours d'anglais, et qu'il parlait, je me forçais à le regarder en comptant jusqu'à trois. S'il me regardait, je maintenais ma position pendant quelques instants, puis je détournais le regard. C'était difficile et, la plupart du temps, je ne pouvais tout simplement pas le regarder.

Ce que je détestais le plus, c'était de l'entendre s'excuser, quand il avait eu le cœur de le faire, me disant qu'il savait combien il m'avait fait de la peine. À l'entendre parler, notre histoire s'était passée à sens unique. Je comprenais là qu'il ne m'avait pas aimée du tout, puisqu'il n'était pas triste qu'on ne soit plus ensemble. Et que moi, je l'avais vraiment aimé, puisque j'étais triste. Évidemment, j'ai beaucoup pleuré. Ma mère était tout particulièrement gentille avec moi, elle me disait tout ce qu'il faut dire dans ces circonstances-là. Mais je ne pense pas qu'elle comprenait réellement à quel point j'avais de la peine. On dirait qu'elle croit que tout ce qui m'arrive à présent, autre que la mort, est un cadeau du ciel et a un poids bien positif, dans la balance. Oh ! la coiffeuse a teint tes cheveux en rose ? Ce n'est pas grave, ma chérie, tiens, prends un chocolat. Tu n'auras qu'à leur donner un bon coup de brosse demain matin et tout ira bien. L'amour de ta vie ne pouvait pas supporter que tu sois malade, et tu ne trouveras peut-être plus jamais personne à aimer ou pour t'aimer ? Voyons, ce pourrait être bien pire, Livi. Tu sais que tu pleures très facilement…

 ## ce que Je sais sur l'amour

1. Il n'est jamais garanti que ce qui se passe entre deux personnes restera privé.

2. Les gens ne vous disent pas toujours la vérité à propos de leurs sentiments à votre égard. Et la vérité, c'est qu'ils ne ressentent peut-être pas la même chose que vous.

3. Je ne sais pas si on peut un jour se remettre d'une peine d'amour.

25 juillet

J'ai rencontré Krystina, la fille qui obsède tant Jeff. Elle est incroyablement belle, un peu comme Gwyneth Paltrow lorsqu'elle était plus jeune, c'est-à-dire le look de l'Américaine parfaite et en santé. Elle a les cheveux blonds, épais et super brillants, noués dans une tresse qui lui retombe sur l'épaule. Sa peau est dorée et *lumineuse*. Ses dents… eh bien, elles sont aussi blanches et droites que dans une pub de dentifrice. Bon, je me prends pour le journal intime de Jeff, maintenant ? Ouais, en tout cas, je peux comprendre pourquoi il est si fou d'elle.

J'espère vraiment qu'elle n'est pas trop belle pour lui.

Sérieusement, j'adore mon frère et je suis sa plus grande fan, mais Krystina… elle fait partie des ligues majeures. Quand je l'ai vue, j'ai d'abord pensé que c'était sûrement une nunuche. Puis elle a ouvert la bouche et… elle est comique, et très intelligente. Tiens, on dirait que j'ai un *kick* sur elle, moi aussi.

N'allez pas croire que je me suis déjà fait une idée sur l'Amérique et que je pense que tout est parfait ici ; je viens à peine de débarquer. Mais je dois dire que les Américains semblent beaucoup plus sympathiques que les Britanniques. Krystina a tout de suite été gentille avec moi. Si je compare avec ma première semaine au programme préuniversitaire, où les filles que je ne connaissais pas me regardaient de travers, et que le seul nouveau gars qui m'avait adressé la parole était Luke, le démon qui brise les cœurs, eh bien, je dirais que les Britanniques ne gagnent pas la médaille de la gentillesse. Krystina m'a tout de suite proposé d'aller magasiner avec elle, comme si on se connaissait depuis toujours.

– Ça fait un mois que *j'essaie* de me retenir pour ne pas acheter ces jeans Earl avec des broderies, et chaque jour, je faiblis *un peu* devant la tentation, avoua-t-elle. Il *faut* que tu viennes avec moi les voir et il faut que tu me dises qu'ils sont *horribles*, pour que je ne les achète pas. Tu me promets de faire ça ?

– Euh… oui, répondis-je. Mais est-ce qu'ils sont beaux ?

– Oh ! mon Dieu, oui ! Trop beaux ! répondit Krystina en roulant les yeux.

Je remarque une autre chose à propos de cet endroit : tout le monde est riche, super riche. J'espère que ma façon de m'habiller passe pour un look british, genre un peu bohème, contrairement au style qu'on voit dans tous les grands magasins, et me permette de m'en tirer. Quelques filles qui admiraient mes chaussures et les trouvaient *tellllllllement cutes* m'ont demandé où je les avais trouvées, avant de se rendre compte que je suis anglaise. Il paraît que les chaussures de la marque Irregular Choice, qui coûtent quarante livres sterling chez nous (quoique je les aie achetées à moitié prix durant les soldes) valent environ cent cinquante dollars ici, et qu'on ne les trouve que dans quelques petites boutiques à New York. Elles sont très recherchées. Ha ! Ha ! Je suis à la mode. En tout cas, mes pieds le sont.

Nous sommes allés dans un café et nous nous sommes installées dans un coin, près de la fenêtre. Krystina a beaucoup parlé d'un vieux groupe punk d'Angleterre, The Cure, et elle a raconté qu'elle avait déjà rencontré le chanteur à New York. Je n'avais jamais entendu parler de ce groupe, aussi gênant cela puisse être. J'ai dit que j'adorerais aller à New York, d'autant plus qu'on ne se trouvait qu'à environ une heure de là. Jeff marmonna quelque chose, comme quoi il ne pourrait pas y aller cette semaine. Je remarquai que Jeff était particulièrement silencieux. Au début, je pensais qu'il était de mauvaise humeur, et ensuite j'ai réalisé qu'il avait la langue liée quand Krystina était là. Je voulais le secouer et dire : « Voyons, Jeff, sois drôle, un peu ! » mais je ne pouvais rien y faire.

– Alors, quels sont tes plans, pendant que tu es ici ? me demanda Krystina. Tu commences par venir magasiner avec moi, bien sûr, et je crois qu'il y a un party où tu devrais aller en fin de semaine.

– Mais la plupart des gens sont partis chez eux pour les vacances, non ?

– Eh bien, il y a encore du monde en ville, des gens qui restent pour étudier et passer l'été. C'est une ambiance vraiment cool, parce qu'on se croirait à la fin d'un trimestre. Et il fait beau et chaud. Ce n'est pas vraiment le cas aujourd'hui, mais crois-moi, ça va se réchauffer.

Aujourd'hui, il a fait extrêmement chaud. Environ vingt-huit degrés. Je ne supporte pas très bien la chaleur extrême. Je tombe facilement dans les pommes.

– As-tu un *chum*, en Angleterre ? Quelqu'un de spécial ?

On dit que les Américains sont plus directs. Ça ne me dérangeait pas de me faire poser la question, mais j'avais vraiment peur de passer pour une fille légère et un peu fofolle. Je voulais laisser derrière moi tout mon passé, incluant mon cœur brisé et mes histoires ratées.

– Pas en ce moment, laissai-je tomber un peu sèchement. Mais j'aimerais bien avoir un flirt pendant mon séjour ici. Juste une histoire de vacances un peu folle.

– Ah oui ? Tu es jolie, donc ce sera facile. Je pourrais appeler cinq gars, tout de suite, qui seraient super contents de tenter leur chance.

Elle regarda Jeff du coin de ses grands yeux bleus.

– Mais je pense que ton frère me tuerait si je faisais ça. Fais-moi savoir si quelqu'un t'intéresse en particulier, et je ferai ce que je peux pour te faciliter les choses.

– Ouais, bien *moi*, je vais essayer de rendre les choses plus difficiles pour toi, répliqua Jeff. C'est moi qui me tape les sermons de notre mère tous les soirs, à savoir si je m'occupe bien de toi. Et pendant ce temps-là, tu es encore comateuse à vingt heures tous les soirs à cause de ton décalage horaire.

– Je m'améliore ! Je me suis réveillée à six heures ce matin. C'est presque une heure normale pour se lever. En tout cas, Jeff, tu n'es pas obligé de. *tout* lui dire.

– Ouais, tu n'es pas obligé de *tout* dire à ta mère, Jeff, répéta Krystina en donnant une petite tape amicale sur le bras de Jeff.

Elle semblait être plutôt à l'aise avec lui. Si seulement il pouvait se rappeler de *parler*, de temps en temps, peut-être qu'il aurait des chances que ça fonctionne entre eux.

Jeff et moi sommes rentrés à pied à la maison de son professeur. En chemin, nous avons acheté une pizza pour emporter. Je sentais la chaleur de l'air sur mes bras et mes jambes, et j'aurais pu passer toute la soirée dehors, à marcher.

– Krystina est plutôt du genre... super belle, dis-je à Jeff.

– Essaies-tu de me dire que je n'ai aucune chance avec elle ? demanda-t-il d'un air hébété.

– Bien, je pense que c'est évident qu'elle t'apprécie beaucoup. Peut-être juste comme ami, je ne sais pas encore. Mais... tu sais, peut-être que tu pourrais faire un effort pour te montrer un peu plus comique avec elle, comme tu sais l'être avec moi.

Jeff sembla secoué par ma remarque.

– Que veux-tu dire par *plus comique* ?

– Tu sais, habituellement tu es super… dynamique. Aujourd'hui, tu étais…

– Ennuyant ?

– Mais non, voyons, Jeff, ne sois pas stupide. C'est juste que tu avais l'air plus timide que d'habitude.

– Oui, je sais. Tu as raison, acquiesça-t-il, la mine encore plus basse. Je me suis senti horrible.

– Il y a des signes positifs, tu sais ! Il faut que j'examine l'affaire encore davantage.

– Ne lui dis pas un mot de ça ! s'exclama Jeff en serrant la boîte de pizza nerveusement.

J'eus peur qu'il n'écrase notre repas ; je posai une main ferme sur le dessus de la boîte pour la garder à l'endroit.

– Je ne lui dirai rien ! J'observe en silence, c'est tout.

– N'essaie même pas de laisser tomber des insinuations, Liv, supplia-t-il. Tu n'es pas aussi subtile que tu crois l'être.

– Le problème avec toi, c'est que tu penses que j'ai encore douze ans. Tu repenses à la fois où je t'ai surpris en train d'embrasser Sadie Fernandez alors que tu me gardais pour la soirée.

– Et tu l'avais dit à maman !

Je poussai un soupir de manière théâtrale, prétendant être horrifiée qu'il ne m'ait pas encore pardonné.

– Tu peux me faire confiance, maintenant, lui dis-je d'une petite voix ricaneuse. Nous sommes tous les deux des adultes. J'ai dix-huit ans, tu sais. Je peux voter.

– Et ça, ça me fait vraiment peur. Au fait, rappelle-moi donc qui est le secrétaire de l'Intérieur ?

– Ha ! Eh bien ! Imagine-toi donc que j'ai *déjà prévu* faire des recherches pour savoir qui est le secrétaire de l'Intérieur. *Et* le secrétaire d'État aux Affaires étrangères.

– Ah oui, tu as raison, se moqua Jeff, le pays est en sécurité maintenant que tu peux voter. C'est bien que tu n'aies pas gaspillé tout ce temps passé à l'hôpital. Et, dis-moi, peux-tu aussi nommer les films de *Star Trek*, en ordre chronologique ?

– 1 : *Star Trek, le film*, 2 : *La Colère de Khan*, 3 : *À la recherche de Spock*... Le fait que je sache tout cela ne veut pas dire que je ne connais rien d'important à la polit...

– Continue..., insista-t-il en soulevant un sourcil.

– 4 : *Retour sur Terre*, 5 : *L'Ultime frontière*, 6. *Terre inconnue*. Veux-tu que je nomme aussi les films de la *Nouvelle Génération* ?

– T'es vraiment *geek*.

– Toi, t'es vraiment *nerd*.

On dévorait la pizza comme deux ogres quand le téléphone sonna. Jeff essuya ses mains poisseuses avec *toute* la pile de serviettes en papier et répondit.

– Allô, ouais. Ah oui ! salut. Hein ? Ah bon ? Euuuuh... je ne pense pas, non. Je sais que ma sœur est encore

pas mal fatiguée à cause du décalage horaire, donc…
Ouais, c'est ça. Merci quand même. En tout cas, il faudrait
bien qu'on aille prendre un café ou voir un film ensemble
tous les deux, bientôt. Ouais. Ha ha ha ha ha ! C'est ça.
OK, salut.

Il retourna immédiatement à sa pizza, s'en fourrant
plein la bouche.

– C'était qui ?

– Hein ? Ah, Adam. Tu te souviens, c'est le Britannique
que tu as rencontré à la cafétér…

– Oui, je me souviens, c'était il y a trois jours ! Qu'est-ce
qu'il voulait ?

– Il voulait savoir si on avait envie d'aller à un
party chez son frère ce soir. Je lui ai dit que tu étais trop
fatiguée.

– Mais je ne suis pas fatiguée !

– Tu t'es endormie à vingt heures tous les soirs !

– J'ajuste mon horloge interne à l'heure d'ici, c'est tout.

– Tu sais, son frère est plus vieux que nous. Je ne sais pas quel genre de party ce sera. Et il faut que tu prennes ça mollo, un peu.

– Jeeeff, ça fait des années que je prends ça mollo !

– OK, fit-il en prenant soudain un air plus sérieux.

Il déposa sa pointe de pizza ; il était donc très sérieux.

– Je *vais* prendre soin de toi pendant ton séjour ici, et je ne vais *pas* t'emmener à chaque party auquel tu es invitée, peu importe le prétexte, jusqu'à ce que je sois certain que tu es en forme pour y aller et que tu en as envie.

On se fixa droit dans les yeux, lui essayant de me faire sentir coupable, et moi qui ne lâchais pas.

– S'il te plaît, Liv. Je m'inquiète pour toi depuis longtemps. Sois gentille et ne me donne pas de souci.

– Ouais, dis-je d'un air boudeur.

– Et puis, c'est juste Adam. Tu peux le voir n'importe quand à Manchester.

– Oui, répliquai-je d'une voix un peu plus enjouée.

Je me dis cependant qu'il valait mieux ne pas avouer à Jeff à quel point j'aime Adam. *Aime…* dans le sens de… je l'aime bien, je l'apprécie.

– OK, je vais appeler maman et lui dire que tu te prends pour un père surprotecteur, lançai-je pour alléger l'ambiance entre nous deux.

Je me sentis coupable de rendre Jeff mal à l'aise.

– C'est ça, vas-y, appelle-la, bluffa Jeff. Elle va être super contente de savoir que je fais attention à toi. Et pendant que tu y es, ajoute que je te nourris *très* correctement.

Ce matin, je dégustais un *frappuccino* au petit café du coin, en feuilletant un magazine à potins anglais, quand j'ai entendu une voix à l'accent anglais dire :

– Tu t'intéresses aux vedettes britanniques ?

C'est une question à laquelle il est difficile de répondre *oui*, même si c'est la bonne réponse. Personne ne souhaite admettre *ça*, surtout quand c'est la première chose de sa personnalité qu'on dévoile. Je levai les yeux vers le propriétaire de la voix : un gars incroyablement mince, au style frais comme un garçon de bonne famille : chemise à carreaux fins bleu pâle et blanc, les manches savamment retroussées et un pantalon couleur sable. Il semblait avoir environ vingt ans, il avait une grosse touffe de cheveux châtain blond et au moins dix dents de plus que moi. (Oui, j'ai une dentition complète. Mais la sienne était encore plus complète !)

J'ai refermé le magazine et j'en ai regardé la couverture, comme si j'avais déjà oublié duquel il s'agissait.

– Oh, je l'ai apporté avec moi. Je suis arrivée ici il y a moins d'une semaine.

– Donc, tu *es* anglaise.

On aurait dit que ça le rendait tout excité.

Il était vraiment *incroyablement* maigre. Ses poignets étaient en deux dimensions.

– Eh oui. Je suis venue rendre visite à mon frère. Il est parti chercher des livres à la bibliothèque, puis il vient me rejoindre.

Je n'ai pas dit ça pour lui faire sentir que je n'étais pas intéressée. Au contraire, c'était plutôt agréable de parler avec un étranger, et particulièrement avec un étranger anglais.

– Tu restes combien de temps ? En passant, je m'appelle Vaughan.

– Moi, c'est Livia.

Je tendis la main pour serrer la sienne, en me demandant si c'était la chose à faire, et s'il allait juste regarder ma main et la laisser poireauter en l'air. Il la serra.

– Je suis arrivée il y a une semaine, et je reste jusqu'au 15 août, donc encore un peu plus de deux semaines.

– Comment trouves-tu ça, jusqu'à maintenant ?

– Chaud ! répondis-je, en me secouant la main devant le visage.

– Oui, en effet, acquiesça Vaughan, en tira sur le col de sa chemise avec son petit doigt.

On a discuté un peu, en ponctuant notre conversation de plusieurs *oui, moi aussi j'aime bien ceci et cela*, et il m'a expliqué qu'il était étudiant au doctorat, qu'il venait de Londres et qu'il venait tout juste de quitter sa blonde. Je ne me rappelle plus très bien comment il a réussi à glisser ce dernier détail dans la discussion. Il m'a demandé si j'avais eu la chance de visiter la galerie d'art de l'université, et j'ai répondu que je n'y étais pas encore allée.

– As-tu un peu de temps ? demanda Vaughan. Je peux aller te la montrer tout de suite, si tu veux.

– Est-ce que c'est près d'ici ?

– C'est littéralement à deux minutes d'ici.

J'ai pensé que cela pourrait être sympathique et cool. Une galerie d'art, c'est toujours cool. Mais non, en fait, c'est juste parce que je suis incapable de dire non, même à un Anglais gros comme un demi-spaghetti avec trop de dents dans la bouche. Alors j'ai dit oui.

Juste comme on arrivait à la galerie, Adam est apparu et nous a presque foncé dessus. J'ai probablement eu ce mouvement de recul qu'on fait quand on est surpris. J'ai dit *Ah ! salut !* très fort et puis je me suis demandé si je devais lui présenter ce parfait étranger que je venais tout juste de rencontrer et avec qui j'avais accepté d'avoir une *date* matinale. Ça existe, une *date* matinale ? Mon « Salut ! » avait stoppé Adam, alors on avait tous stoppé, mais personne ne savait quoi dire.

– Je suis désolée que nous ne soyons pas allés à ton party, commençai-je.

– Oui, c'est dommage, répliqua Adam.

– J'avais vraiment envie d'y aller. Mais mon frère pensait que j'étais trop fatiguée.

– Bof, tu n'as pas manqué grand-chose. En fait, c'était plutôt le party de Dougie, mon frère. Et de ses amis.

Il me fixa droit dans les yeux tout de suite après avoir fini de parler. Mais je n'avais rien à ajouter. Je souhaitais simplement qu'il continue à me regarder. Il a cette façon particulière de regarder lentement, comme s'il prenait son temps pour bien observer les choses. C'est plutôt intense de se faire regarder de cette façon. Adam jeta un œil vers Vaughan, puis me lança : « Bon, alors à plus tard ? » et s'en alla. Je me sentis stupide et je me dis que j'aurais préféré entrer dans la galerie avec *lui*. Il me plaisait encore plus aujourd'hui. Ce sont ses yeux qui m'ensorcèlent. Comme ceux de Luke. Ouais, j'imagine que ce n'est pas bon signe.

En tout cas, Vaughan et moi étions dans la galerie d'art et je radotais à propos de la superbe toile d'une femme en rouge peinte par Manet. J'essayais d'avoir l'air très brillante. Puis je réalisai que la main de Vaughan était posée sur ma fesse. Tout d'abord, j'ai pensé que c'était parce qu'il se tenait trop proche, et que c'était peut-être sa jambe, puis je vérifiai sa position, et il bougea légèrement sa main, et elle était toujours bel et bien *sur ma fesse*. Et sa tête s'était drôlement rapprochée de la mienne, comme s'il sentait mes cheveux.

Alors, que faire quand un gars que vous ne connaissez pas met sa main sur votre derrière ? Eh bien, si vous êtes moi, vous êtes probablement trop polie pour mentionner quoi que ce soit. Je m'en tirai en prétextant une excuse facile.

– Tu sais, je ferais mieux de retourner au café au cas où mon frère me chercherait, parce que je n'ai pas mon téléphone cellulaire, alors il ne peut pas m'appeler.

Vaughan enleva son long nez de mes cheveux.

– OK. J'y vais avec toi ?

– Mais non ! Ce n'est vraiment pas nécessaire ! rétorquai-je avec un peu trop d'entrain. Faut que j'y aille ! Salut !

Dès que je me suis sentie loin de son regard, je me suis mise à courir. Je ne sais pas pourquoi. Ce n'est pas très brillant de courir en plein jour, surtout qu'il faisait très chaud de nouveau. J'avais juste besoin de m'enfuir. De temps en temps, on en a tous besoin. En tout cas, depuis ce moment-là, je suis revenue ici, dans ce café Internet. Je me cache. De honte. C'est le temps de mettre mon blogue à jour :

 ce que je sais sur l'amour

1. Il n'est jamais garanti que ce qui se passe entre deux personnes restera privé.

2. Les gens ne vous disent pas toujours la vérité à propos de leurs sentiments à votre égard. Et la vérité, c'est qu'ils ne ressentent peut-être pas la même chose que vous.

3. Je ne sais pas si on peut un jour se remettre d'une peine d'amour.

4. On appelle les étrangers des étrangers parce qu'ils sont étranges !

En repensant à l'épisode de Vaughan, je me suis rappelé une citation que j'ai toujours aimée de la pièce *Comme il vous plaira* de Shakespeare, dans laquelle j'ai joué à l'école : *Allons, faites-moi l'amour, faites-moi l'amour ; car je suis maintenant dans mon humeur des dimanches, et assez disposée à consentir à tout.*

Je *suis* dans mon humeur des dimanches ! Je suis en vacances ! Et puis, qu'est-ce que ça peut bien faire si je tombe sur un fou pendant que je cherche une romance de vacances ? Je suis ici pour m'amuser. Que la fête commence. Sauf qu'à partir de maintenant, je devrais peut-être m'en tenir aux Américains seulement. D'ailleurs, je ne sais pas pourquoi il y a autant de gars britanniques à Princeton ! En tout cas, il y en a au moins trois. Si je me fie à mon expérience, les Britanniques avec qui je suis sortie étaient (dans l'ordre, incluant ma *date* d'aujourd'hui à la galerie) tristes, stupides ou fous.

Je peux fantasmer sur Adam parce que c'est un ami de mon frère, donc pas une option que je peux envisager sérieusement. Comme je dois me *contenter* de fantasmer sur lui, alors je le fais allègrement. Il était vraiment beau aujourd'hui ; tout bronzé, les yeux brillants, avec ses jeans fripés tombant juste au bon endroit sur les hanches. J'ai souvent eu un faible sur les amis de mon frère. Je me souviens que vers l'âge de huit ans, j'étais obsédée par l'un d'eux, que tout le monde appelait Gros Nez. Oh ! si on en faisait une étude de cas, on lui donnerait une note de A moins. J'aimais bien Gros Nez parce qu'il était plus petit que les autres, gentil et couvert de taches de rousseur.

Les samedis après-midi, je lui donnais des biscuits en forme de fleur que je faisais avec ma mère à l'aide de mon emporte-pièce en plastique. Un jour, j'avais trouvé un biscuit que j'avais donné un peu plus tôt à Gros Nez ; il ne l'avait pas mangé et l'avait laissé sous une haie. Jeff était entré pour boire un verre d'orangeade, et je lui avais demandé d'apporter un autre biscuit à Gros Nez, ce à quoi il avait répondu : « Pourquoi en voudrait-il un autre ? » Je lui avais dit : « Eh bien, il a dû laisser tomber celui que je lui avais donné tout à l'heure, car je l'ai retrouvé sous une haie. » Puis Jeff avait donné le coup de grâce : « Il les jette toujours. Il les trouve dégueulasses. »

Les frères peuvent être méchants comme ça, quand vous êtes jeunes. Ils vous tapent dessus, ils se moquent de vous et ils vous disent la vérité, même celle que vous ne voulez pas entendre. Je pourrais ajouter une autre règle à ma liste des choses que je sais sur l'amour : les garçons mentent. Malgré tout, j'ai compris que Gros Nez me voyait juste comme une petite sœur qui lui apportait des biscuits dégueu et il les cachait pour ne pas me faire de peine. J'ai aussi compris que les amis de mon frère sont souvent mignons, mais toujours hors de ma portée, même si je suis assez bien pour mériter leur attention. C'est juste qu'ils ne me considèrent pas comme une « option » ; ils ne me perçoivent pas comme ça. Mais c'est quand même agréable qu'ils soient là.

Texto de Krystina : elle veut aller magasiner demain.

27 juillet

Ouais, c'est mal parti. J'ai invité Livia et Jeff au party de mon frère, et Jeff a dit qu'ils ne pouvaient pas venir parce que Livia souffrait du décalage horaire, bla-bla-bla, n'importe quoi. Et aujourd'hui, je l'ai vue entrer dans la galerie d'art avec cet Anglo-là, qui était plutôt du genre monsieur avec de bonnes manières. Je ne sais pas si elle l'a connu à la maison, en Angleterre, ou si c'est un ami de Jeff, mais à voir la façon dont il la regardait, c'est clair que j'ai raté ma chance. C'est dommage parce que, pour tout dire, elle était vraiment belle aujourd'hui. Dans la lumière du jour, ses beaux cheveux brillaient et on aurait dit que le soleil était en elle. Elle m'a coupé le souffle.

28 juillet

Si vous êtes prêts pour une autre récapitulation de la liste des choses que je sais sur l'amour... eh bien vous devrez attendre, car JE NE SAIS RIEN SUR L'AMOUR. J'aimerais pouvoir lire dans les pensées de tout le monde, mais garder les miennes secrètes. En même temps, j'aimerais que tout le monde sache ce que j'ai besoin que l'on connaisse de moi, sans toutefois offenser qui que ce soit, et sans risquer d'être blessée. Ouf ! c'est compliqué.

Je me dois d'expliquer un peu tout ce charabia.

– OK, je vais te dire où l'on ira en premier, fit Krystina en stationnant sa Volkswagen Golf blanche, ce matin. Tout d'abord, ça ne donne absolument rien d'essayer de beaux vêtements quand on se sent misérable et qu'on a l'air d'un chien battu. Ça donne un style... misérable de chien battu. Et, en ce moment, je me sens exactement comme ça. Alors tu viens avec moi, on va se faire faire un *brushing*.

Les Américains sont constamment en train d'inventer de nouvelles raisons de dépenser de l'argent. Honnêtement, à part eux, qui paie pour se faire sécher les cheveux ?

Krystina avait un style incroyablement cool et sophistiqué. Elle portait une jupe de coton noir et un haut assorti qui se nouait au cou et lui laissait le dos nu. L'ensemble était tellement frais, léger et bien repassé que je me sentais nerveuse de la suivre dans le salon de coiffure avec ma mini-jupe en jeans presque en lambeaux et un simple t-shirt rose. Mais il fait tellement chaud que n'importe quel autre vêtement plus délicat, comme mon joli haut en soie ou ma robe d'été à fleurs, collerait à ma peau et froisserait immédiatement. Le jeans ne laisse pas voir la sueur. Krystina et moi étions calées dans des fauteuils adjacents, et deux coiffeurs très bruyants, Guy et Paul, s'occupaient de nous. Je tentai tant bien que mal de prononcer correctement le nom de mon coiffeur, mais mon accent faisait défaut.

– Paul ? fis-je.

– Paah-oool, articula-t-il.

– Oh ! Powell, essayai-je à nouveau.

– PAAAH-OOOL, miaula-t-il en ouvrant bien la bouche.

Les deux hommes discutèrent de notre allure. Krystina dit qu'elle voulait simplement un *brushing*. Je demandai la même chose.

Paul secoua la tête.

– *Nah*, je pense qu'on va devoir travailler un peu plus fort sur ta tête.

Je répondis que je ne savais pas, car on avait beaucoup de magasinage à faire.

– Allez ! une coupe de Paah-ool ne prendra que quelques minutes, ma chérie ! Raidir les cheveux de ton amie prendra des heures.

– Il s'y connaît, assura Krystina. N'as-tu pas envie d'un changement, Livi ?

Oui ! Plus que tout au monde ! Comment avaient-ils pu le deviner ? Dès que je m'assois dans le fauteuil d'un coiffeur, il y a comme une pulsion irrésistible qui s'empare de moi. J'ai juste envie de claquer les doigts et de dire : « Faites-moi une nouvelle tête ! » Et une fois la métamorphose terminée, je rêve de me retourner face au miroir et d'y voir le reflet d'une femme fatale, superbe et méconnaissable me regarder.

En général, ce qui arrive au lieu de cela, c'est que le coiffeur commence à me montrer la coupe sous tous ses angles, et je commence à avoir de plus en plus peur. J'approuve nerveusement quand il se met à parler de frange plus souple et de dégradé plus long, puis je sors du salon avec plus ou moins la même allure que quand j'y suis entrée, c'est-à-dire avec une frange droite et de longs cheveux roux. Ça me va bien, ça ne demande aucun soin particulier, et c'est *moi*.

— Ta couleur naturelle est magnifique, déclara Paul. C'est comme si elle te disait qu'elle veut éblouir, mais tu ne la laisses pas attirer trop d'attention sur toi.

Mes joues virèrent au pourpre. C'est ce qui arrive toujours quand les gens parlent de moi. Krystina se faisait entraîner vers le lavabo pour un shampoing, et je restai seule avec Paul. Il me fixait dans le miroir et je n'osais pas détourner le regard.

— Mais je pense que, parfois, tu *veux* être remarquée, non ? La coupe que tu as actuellement montre ton côté *délicat.* Nous allons te donner une allure qui dévoile davantage la façon dont tu te sens. Je te conseille de garder une certaine longueur ; c'est joli. Garde aussi la frange ; ça te va bien. Mais on va couper un peu de tout cela. Qu'en penses-tu ?

Je savais que j'allais avoir exactement la même tête qu'avant. Il garde la longueur, il garde la frange. Alors quelle différence allait-il y avoir ? J'étais un peu déçue, mais c'était du déjà-vu.

– D'accord, ce sera super.

En fait, quand je parle comme cela, en disant *oui* à tout, *OK, ce sera super* et *juste un brushing, s'il vous plaît,* ce n'est pas si étonnant que je me retrouve toujours avec le résultat sans effet.

Pendant qu'il me coupait les pointes, Paul parla de lui, et je relaxai, fascinée par Guy que je voyais dans le miroir et qui appliquait dans les cheveux de Krystina le fer plat le plus gros jamais vu. On aurait dit des rames. Je me sentis comme une demoiselle, à me faire coiffer avec une amie comme si on avait été les personnages d'un film des années 1950. Je commençai à saisir combien ma vie était différente, maintenant, ici, à Princeton, au New Jersey, aux États-Unis.

Il y a à peine quelques semaines, j'étudiais pour me préparer aux examens de fin d'année avec mes amies. On se passait le sac de sucettes Chupa-Chups en se posant mutuellement des questions d'examen sur la réforme parlementaire au XIX$^e$ siècle. Et là, ma mère n'est pas dans les parages en train de s'inquiéter pour moi, et il n'y a que mon frère qui me surveille. Personne ne va essayer de me dissuader de faire quoi que ce soit sous prétexte que ce n'est pas mon genre ; comme le font mes amies. Personne ici ne sera surpris ou scandalisé si je ne suis pas tout à fait moi-même, parce qu'ici, personne ne sait qui je suis. J'ai carte blanche. Je peux être qui je veux, comme je veux, chaque jour.

– Ça brille !

Guy, le styliste de Krystina, s'était approché pour voir le travail de Paul. Debout derrière moi, les bras croisés, il réfléchit. Je levai les yeux. Mes cheveux avaient l'air d'un métal rouge, et à mesure que Paul les séchait, mèche par mèche, ils devenaient soyeux et je pouvais voir à quel point la coupe était bien faite. Les pointes m'arrivaient juste au-dessus des épaules plutôt que de tomber en bas de celles-ci. La frange semblait avoir allongé (je ne sais trop par quel miracle !) et retroussait légèrement d'un côté. Tout le reste était une tignasse superbement riche et taillée en mèches fines qui s'entrelaçaient les unes avec les autres quand je les secouais de la main. On aurait dit que ma chevelure révélait tout à coup plusieurs teintes.

Mes cheveux semblaient si légers, et quand je les secouais, ils virevoltaient et retombaient en place, parfaitement imparfaits et un peu fous.

– Qu'avez-vous fait ? gloussai-je, impressionnée.

– Aimes-tu ça ? vérifia Paul.

– Wow… *J'adore* ! Je n'ai jamais eu de beaux cheveux !

– Tu veux rire ? Les gens feraient n'importe quoi pour avoir des cheveux comme les tiens !

– Ah ! ça n'a rien à voir avec mes cheveux, dis-je en me sentant tout à coup très gênée. C'est ta coupe. Merci beaucoup.

J'eus l'occasion de revenir à ma petite réalité quand Krystina s'approcha pour voir mes cheveux. Elle brillait au milieu d'un halo de longues nattes blondes, comme une star de cinéma.

– Tu es tellement belle, soufflai-je.

– Ouais, on est pas mal *cutes*, toutes les deux. Mais on n'a pas fini !

Ensuite, nous sommes allées dans un centre commercial, et je pensai que ce serait vraiment horrible de passer du temps sous un éclairage aussi artificiel alors qu'il faisait si beau dehors. Mais, aussitôt que je sentis l'air climatisé, je changeai d'idée. C'était froid, froid, fabuleusement froid. Tout à coup, mes vêtements me parurent un peu plus amples, et mon visage sembla un peu moins luisant que mes cheveux.

Nous nous sommes arrêtées dans un grand magasin. Krystina nous installa au comptoir de maquillage et demanda aux conseillères au teint orange de nous maquiller avec la *palette estivale*. Le résultat fut un peu moins heureux que celui de la séance de coiffure. Nous essayions de ne pas pouffer de rire en comparant nos finis perlés ; c'était un peu joli et scintillant, presque féerique, mais, d'un autre côté, ça ressemblait beaucoup trop au maquillage que j'avais déjà porté pour des spectacles de ballet quand j'avais six ans. Nous sommes reparties chacune avec un sac plein d'échantillons gratuits. Une fois loin du comptoir de beauté, nous avons éclaté de rire et nous sommes toutes les deux mises au défi de garder ce maquillage toute la journée.

Krystina avait raison. Quand vous vous sentez moche et que vous essayez des vêtements, rien ne semble vous aller parce que vous êtes trop occupée à regarder vos défauts. En fait, vous ne *voulez* pas vous regarder. Et quand vous êtes bien soignée, coiffée et jolie, vous ne pouvez pas arrêter de vous admirer en vous disant : je ne peux pas le croire, mais je suis vraiment *belle*. J'ai acheté autant de vêtements que j'ai pu me le permettre en fonction des économies que j'avais prévues pour venir à Princeton. Je dois faire bien attention et m'organiser pour que l'argent que maman m'a donné dure trois semaines complètes. Toutefois, j'ai acheté une robe de plus ce matin. Elle est noire, avec des bretelles de cinq centimètres, et coupée très haute, presque au ras du cou. Elle est bien ajustée près du corps et, à la taille, il y a une grosse boucle grise puis la jupe tombe un peu plus large qu'une coupe en A. Style Audrey Hepburn. Très différent de ce que j'ai l'habitude de porter. Mais pas suffisamment différent pour que je ne me sente pas à l'aise de la porter le jour, avec un petit cardigan boutonné à la taille. J'aime tellement cette robe que je ne voudrai jamais l'enlever. J'ai failli demander à la vendeuse d'emballer ma vieille jupe en denim dans le sac pour que je puisse la garder, mais je savais que je ferais mieux de réserver la robe pour une occasion spéciale.

Vers dix-huit heures, nous sommes rentrées en ville et nous sommes assises à l'ombre pour boire un latté glacé, avec tous nos sacs posés autour de nous. J'essayais de voir mes cheveux dans le minuscule miroir de mon boîtier de maquillage. En fait, j'avais passé la journée à tenter de m'admirer chaque fois que je passais devant une vitrine de magasin. De toute ma vie, c'est ma coupe de cheveux préférée. Je me souvins que j'avais voulu demander à Krystina ce qu'elle pensait de Jeff (très subtilement, bien sûr !), mais c'était avant de devenir complètement obnubilée par la métamorphose qu'elle m'avait permis de vivre. J'essayai de glisser le sujet dans notre conversation. Krystina racontait combien elle aimait la musique que Jeff avait téléchargée dans son iPod. J'en profitai pour lui faire une confidence.

– Je pense que Jeff te trouve formidable.

D'accord, j'avoue, ce n'est pas subtil du tout. Mais Jeff devrait comprendre qu'il n'y a aucune raison de laisser des non-dits flotter vaguement quand vous n'avez plus qu'un mois à passer dans le pays de la personne qui vous fait battre le cœur. Éventuellement, une fille doit connaître vos sentiments pour elle. Sinon, laissez tomber. Krystina pencha la tête d'un côté et sourit.

– Vraiment ?

– Euh, bafouai-je, pensant que je devrais sans doute laisser à Jeff une porte de sortie. Tout ce que je veux dire, c'est qu'il parle souvent de toi et qu'il te trouve vraiment sensationnelle. C'est pour ça que j'avais si hâte de te rencontrer.

– Ahhh.

Son sourire demeura intact, mais son regard sembla se brouiller. Peut-être que j'interprétais des choses.

– OK. Eh bien, je trouve que Jeff est vraiment sensationnel, lui aussi.

Finalement, je n'ai aucune idée si Jeff lui plaît ou non. Son téléphone sonna.

– Oui, oui ! Nous sommes ici. Viens nous rejoindre, dit Krystina avant de raccrocher.

Elle se tourna vers moi et m'annonça :

– Bon, il y a quelqu'un qui s'en vient, et tu vas *m'adorer* de l'avoir invité.

La seconde d'après, Adam entra et je pensai : « Mon Dieu ! est-ce que tout le monde sait que j'ai un faible pour lui ? »

Là, il est vraiment, vraiment tard. J'écris depuis des heures et je n'arrive plus à me concentrer. Je continuerai demain matin quand j'aurai l'esprit plus clair. J'entends Jeff ronfler dans sa chambre, et je bâille trop pour voir mon écran.

29 juillet

J'espère que ma nouvelle coupe me plaira encore ce matin. J'y jette un coup d'œil. Hum ! Comme j'ai dormi dessus, il y a des couettes qui retroussent derrière. Ah ! mais ça se replace d'un seul coup de brosse. Oh ! oui, ça me plaît toujours.

Maintenant, je dois finir ma page de blogue d'hier.

Alors, il y avait du café froid, moi, Krystina et Adam. J'ai pensé que j'avais peut-être déjà mentionné le nom d'Adam à Krystina et que j'avais oublié de *déguiser* mes sentiments pour lui, mais tout allait trop vite ! Adam vint immédiatement nous rejoindre, et une idée me traversa l'esprit : si Krystina est là, il va oublier ma présence. Eh bien, ce n'est pas ce qui est arrivé. C'est moi qu'il regardait, avec son demi-sourire charmant.

— Hé, comment se passe ton séjour ? me demanda-t-il.

– Salut. J'adore ça, ici, répondis-je.

C'est bizarre, quand je suis nerveuse, je peux *m'entendre* parler et ma voix semble toujours aiguë, comme celle d'une petite fille.

– Vous vous connaissez, tous les deux ? ai-je demandé.

– Euh, oui, a fait Adam. On s'est rencontrés à quelques reprises... par l'entremise de ton frère, d'ailleurs. Krystina ?

On aurait dit qu'il n'était pas sûr de son prénom. Elle sourit et acquiesça d'un signe de tête, sans lui répondre. Sa réaction me parut étrange, puisqu'elle venait juste de lui parler au téléphone et de l'inviter à se joindre à nous. Pourquoi n'était-il pas sûr de son prénom ?

– Alors, comment ça va ? me demanda Adam. Tes cheveux sont... wow, vraiment beaux. Vraiment.

– Merci. Ils sont beaucoup plus faciles à coiffer, maintenant. C'est moins chaud.

« Allez, cerveau. Sors quelque chose de drôle, d'intelligent. Trouve quelque chose d'intéressant à dire. »

– Est-ce que je peux vous offrir un autre café, ou quelque chose ? proposa Adam en se balançant d'une jambe sur l'autre et en se frottant les mains.

Il semblait un peu nerveux lui aussi et c'était vraiment charmant.

– Oh ! oui, je veux bien. Un thé à la menthe, s'il te plaît.

– Pour moi, ce sera un thé vert, précisa Krystina. Merci beaucoup.

Une fois qu'il se fut éloigné, je demandai :

– Pourquoi as-tu invité Adam ? Est-ce qu'il sait que j'ai un faible pour lui ?

– Je n'ai pas *invité* Adam. Je le connais à peine, répondit Krystina. Il passait par ici et il est entré, tout simplement. Tu sais, Princeton est une toute petite ville. Tu as vraiment un faible pour lui ?

– Oui, je commence à... Je commence à penser très souvent à lui. Il me plaît vraiment.

– Ah…, fit-elle, en faisant distraitement un signe de la tête. Je croyais que tu voulais rencontrer un étranger pour vivre une histoire de vacances.

Je jetai un œil vers la queue, au comptoir. Adam regardait ses espadrilles. J'adore ses jambes.

– J'adore ses jambes, déclarai-je à voix haute sans réfléchir.

Krystina ne sembla pas m'avoir entendue. C'était probablement une chose tellement curieuse à dire qu'elle avait ignoré mon propos.

– En Angleterre, il a déjà été super gentil avec moi, une fois, mais je ne le connaissais pas et je n'y avais pas trop songé. Mais là, tu sais, c'est drôle qu'on se recroise ici, à l'autre bout du monde. C'est peut-être un signe, ou peut-être pas… Oh ! attends, tu as dit que tu avais invité quelqu'un à venir nous rejoindre. Si ce n'était pas Adam, c'était qui ?

– Mon frère.

Son visage s'éclaira soudainement, mais elle regardait plus loin derrière moi.

– Kyle. Il arrive, justement.

Un beau grand blond bronzé passa devant la vitrine du café et ouvrit la porte. Il repéra rapidement Krystina et nous envoya à toutes les deux un sourire ridiculement blanc, avec les mêmes deux rangées de dents parfaites que sa sœur utilise pour briser le cœur de mon frère.

– Héééé, salut, lança-t-il en s'approchant de nous en deux grandes enjambées. Tu dois être Livie. Ma sœur m'a dit que tu es vraiment l'*fun*.

Vous savez quoi ? Je crois qu'on ne veut jamais se faire présenter à qui que ce soit comme une personne vraiment l'*fun*, surtout pas à un gars. Premièrement, je ne pense pas être *vraiment l'fun*. Et même si je suis parfois *un peu l'fun*, je ne souhaite pas avoir à honorer la réputation d'une fille *vraiment l'fun*. J'aurais trop peur de décevoir.

– Eh bien, j'ai eu beaucoup de plaisir avec ta sœur, précisai-je. Wow, vous vous ressemblez vraiment, tous les deux !

– Ha ! Ha ! Ha ! Ha ! Hahhhhh ! rit Kyle.

En un seul mouvement gracieux, il attrapa la chaise qui était libre, la fit pivoter et s'y assit, face au dossier.

Je levai les yeux vers Adam, qui était toujours au comptoir. Il parlait maintenant à la serveuse et ne nous regardait pas. L'endroit était plein à craquer, il n'y avait pas une seule chaise libre en vue, et COMME CHAQUE FOIS que j'ai l'occasion de parler à Adam, un autre gars s'était pointé et avait pris sa place.

Mais comme Adam n'était pas entré pour nous voir, il ne souhaitait peut-être pas s'asseoir avec nous, de toute façon. Cependant, en voyant la serveuse rire à cause de ce qu'il venait de lui dire, je ne pouvais m'empêcher de m'inquiéter de plus en plus du fait qu'il n'y avait plus de place à notre table. J'avais arrêté d'écouter Kyle et son gigantesque rire étrange, qui semblait se produire après chacune de ses phrases. Et à la fin de toutes mes phrases. Son rire avait une drôle de sonorité, comme *fee fi fo fum*.

– Voudrais-tu manger avec nous, demain soir ? proposa Kyle. On pense aller au resto de *fish'n'chip*. Tu pourras nous expliquer le menu.

Il avait dit ça avec un accent britannique ridiculement mauvais qui m'avait fait rigoler. Encouragé par mon rire, Kyle en rajouta : « Ha ! Ha ! Ha ! » Je me retournai pour lui faire face.

– Je crois que Jeff va m'emmener au cinéma, demain soir, fis-je en haussant les épaules. Alors j'ai bien peur de ne pouvoir aller…

– Quel film allez-vous voir ? demanda Krystina.

– Le nouveau film avec Matt Damon.

Mes yeux avaient déjà voyagé vers Adam, qui se dirigeait vers nous en tenant trois tasses dans ses mains.

– J'aimerais vraiment le voir, moi aussi ! déclara Krystina. On pourrait prendre la voiture de Kyle. On pourrait passer vous prendre ?

– Euh, je pourrais en parler à Jeff…

Ah là là, c'était trop de pression. Je n'aimais pas prendre des décisions pour les autres, ou décevoir des gens. Je ne pouvais vraiment pas blairer Kyle, le frère de Krystina. Il semblait un peu idiot, il parlait *très* fort et se moquait sans arrêt de mon accent et de mes expressions britanniques. Adam arriva à la table, avec des tasses pour Krys et moi, et trouva un grand gars aux cheveux jaunes assis entre nous deux.

– C'est le frère de Krystina, fis-je en guise d'explication, et non de présentation.

Les gars se dirent *Hé*. Adam chercha des yeux une autre chaise, mais je savais qu'il n'y en avait pas. Kyle commença à raconter une histoire interminable à propos d'un de ses amis et laissa Adam poireauter debout. Je le regardais en me sentant bien impuissante, et je ne savais pas où il irait ou ce que je devais faire. Devais-je me lever et me tenir à côté de lui, accoté au mur, et continuer la discussion qu'on avait amorcée avant l'arrivée de Kyle ? Ce dernier continuait à monologuer et ne semblait pas se rendre compte qu'il manquait une chaise ou qu'Adam était là.

J'offris ma chaise à Adam.

– Je suis assise depuis longtemps.

Adam sembla gêné.

– Non, non. Il faut que j'y aille, en fait. Tu sais, je faisais juste passer, et en me rendant au comptoir, je t'ai vue et...

– Ah, fis-je en acquiesçant d'un signe de la tête. Bon, si tu dois y aller...

Je ne voulais pas qu'il parte ! Il resta là encore une minute, ses yeux ne quittant pas les miens, et je ne trouvais rien d'autre à dire. J'étais mortifiée qu'Adam nous ait acheté à boire et qu'ensuite on n'ait pas parlé avec lui. On l'a juste remercié et on a continué à écouter le frère de Krystina raconter son histoire d'ami qui avait fait des conneries. Je ne savais pas si Adam s'en allait parce qu'il se sentait de trop, ou s'il était déçu ou fâché contre moi. Ou s'il était venu nous dire bonjour et nous avait offert à boire juste parce que je lui avais fait signe de la main et souri quand il était entré, tout ça parce que j'avais cru que c'était lui que Krystina avait invité. La journée parfaite entre filles était devenue un désastre par rapport aux gars. Et j'étais triste parce que je n'aimais pas le frère de Krystina autant qu'elle. Je m'en sentais coupable, parce qu'elle, je l'appréciais beaucoup. Magasiner avec elle avait été génial. Je me devais donc d'essayer un peu mieux d'apprécier Kyle.

Je vais peut-être parler un peu de ça avec Jeff quand il se lèvera. Mais il ne faut pas que je lui parle des sentiments que je commence à avoir pour Adam. Ils sont amis, donc ça le ferait capoter. Ce matin, il fait très beau. Dehors, le paysage est à couper le souffle. À cette heure-ci, avant qu'il commence à faire très chaud, le soleil est clair, la lumière est douce et le ciel, d'un beau rose tendre. Tout semble scintiller, tout est propre, pur. Je me surprends à espérer que les choses que j'ai ratées hier vont s'effacer par magie aujourd'hui.

**Blogue**

*Dans la tête d'Adam*

**29 juillet**

Ce n'est pas tout à fait étonnant qu'une fille aussi jolie que Livia soit entourée de gars, mais elle est *toujours entourée de gars*. Je suis entré au café hier et elle y était. Je pensais avoir la chance de parler un peu avec elle et son amie. Je pensais même essayer de me montrer un peu plus comique que la dernière fois que je l'avais vue, et sortir mon bon vieux charme, vous savez. J'en ai, je vous assure ; c'est juste qu'il est bien caché. Alors je suis allé lui chercher un thé, et quand je suis revenu, littéralement trois minutes plus tard, un certain Brad Pitt était assis à califourchon sur une chaise à l'envers et riait à gorge déployée à chacune des blagues de Liv. Le grand Anglais maigrichon, à la galerie d'art, c'était une chose. Mais là, je commence à croire que je n'ai aucune chance ; je ne suis pas à sa hauteur. En fait, je ne sais pas si elle est intéressée à un seul de ces gars-là. Donc je ne vais pas abandonner. En tout cas, j'ai déjà envoyé un courriel à Jeff pour lui demander s'ils veulent sortir ce soir. Jeff a répondu qu'ils vont voir un film à dix-huit heures, mais que Livia et lui seraient de retour vers vingt et une heures. Donc c'est bon, non ?

Krystina et Kyle allaient arriver d'un moment à l'autre pour nous emmener au cinéma. En attendant, j'essayais de raidir mes cheveux pour qu'ils soient aussi soyeux que ceux de Krystina. Jeff entra en grignotant une carotte à la façon de Bugs Bunny.

– Hé, j'ai dit à Adam… tu te souviens d'Adam, tu sais, l'Anglais avec qui tu…

– Oui, bien sûr que je me souviens d'Adam ! Tu lui as dit quoi ?

Il picora sa carotte pendant encore quelques secondes insupportables.

– Euh, oui, j'ai dit à Adam qu'on irait peut-être manger avec lui après le film. J'espère que ça te va. Si tu es trop fatiguée, pas de problème. Mais comme j'ai dû le laisser tomber à quelques reprises dernièrement, j'aimerais bien le voir. Mais tout dépend de toi.

— Non, c'est parfait, répondis-je en essayant de rester calme. Je suis d'accord, ce serait bien de le voir plus souvent.

— Je vais me chercher une autre carotte. Tu en veux une ?

— Non, merci.

— On va souper très tard.

— Non, ça va, je t'assure. Merci.

— Maman me demande sans arrêt si tu manges tous tes légumes, tu sais.

— Bon, d'accord. Donne-moi une fichue carotte !

J'ai parlé à maman aujourd'hui, juste avant qu'elle ne parte travailler. Ça fait maintenant plus d'une semaine que je l'ai vue. Je n'ai jamais été séparée d'elle aussi long-temps. Elle était installée devant sa webcam, et c'était la première fois qu'elle l'utilisait sans que je sois à côté d'elle, dans la même pièce. Elle était là, dans le coin de mon écran, me souriant, à des kilomètres et des kilomètres d'ici. Je sais très bien que j'arrive à un point de ma vie où je vais sans doute quitter la maison. Je veux dire, pour de bon, pour vivre ma vie. Juste le fait d'y penser me rend encore très nerveuse, et triste. Cela me fait paniquer, aussi. Comme si je pouvais soudainement oublier comment faire battre mon cœur.

En tout cas, elle avait pris sa voix joyeuse des beaux jours et me racontait des histoires drôles à propos de ses collègues de travail. Mais je pouvais entendre un brin de tension dans sa voix, comme si elle voulait pleurer. Ça me plaît beaucoup, ici, mais j'aimerais bien pouvoir retourner à la maison tous les deux ou trois jours (parfois, j'aimerais y retourner tous les soirs) et faire un gros câlin à ma mère.

Kyle conduit de façon étrange. Même s'il va très lentement, vous ne vous sentez jamais en sécurité. Il lance beaucoup d'insultes aux autres conducteurs. Pourtant, on n'en croise pas tant de mauvais durant un trajet de quinze minutes. Aussi, il se tourne constamment vers moi en me parlant ; j'étais assise devant, à côté de lui, et Jeff et Krystina étaient derrière. J'aurais préféré qu'il garde les yeux sur la route. Derrière nous, mon frère et ma nouvelle amie semblaient s'entendre beaucoup mieux que nous, à l'avant. Ils parlaient à voix basse, Krystina rigolait à chaque phrase de Jeff. Je compris que, pour donner à Jeff le temps de l'impressionner, je devais m'efforcer de passer plus de temps seule avec Kyle, pour *compter un but pour l'équipe*. C'est une expression que Jeff avait commencé à utiliser depuis son arrivée ici. Lui et moi formons une *équipe*. Je dois dire que j'en suis ravie : son amitié est l'une des meilleures choses dans ma vie.

J'étais soulagée, toutefois, quand nous sommes arrivés dans le stationnement du cinéma et nous sommes retrouvés tous les quatre. Jeff a payé les billets pour remercier Kyle d'être passé nous prendre, et Kyle a acheté un contenant géant de *popcorn* que nous allions tous partager. Je me trouvai assise entre lui et Krystina, et Jeff était assis à côté de Krystina. Durant tout le film, nous avons passé le popcorn de l'un à l'autre, ce qui finit par me faire rater certains passages de l'histoire. Mais il y avait quelque chose d'encore plus agaçant à supporter. Au café, Kyle avait beaucoup ri... Mais ce n'était qu'un bref aperçu de ce dont il était capable. Au cinéma, Kyle poussait un rire immense à chaque blague, et même après un bon nombre de répliques qui n'étaient pas drôles du tout. À ma droite, Krystina était penchée de l'autre côté, la tête posée sur l'épaule de Jeff. Moi, je restais assise bien droite.

– Alors ? Tu sembles avoir aimé le film, demandai-je à Kyle alors que nous sortions ensemble de la salle.

– Pas tant que ça, non, pas vraiment. Il y avait plein de clichés, de vieilles blagues, c'était prévisible. C'était correct, sans plus. Rien de spécial.

Bon, d'accord, il est fou, mais à quel point, au juste ? Qui d'autre que lui pourrait rire comme ça pendant un film qu'il n'aime pas ?

J'espérais qu'on se débarrasserait d'eux lorsqu'on irait rejoindre Adam au restaurant indien, comme on l'avait prévu, mais je compris que Jeff ne voudrait pas quitter Krystina si tôt. Alors nous nous sommes tous retrouvés ensemble. Adam était déjà assis à une grande table, et je me sentis honteuse d'arriver avec Kyle. Je voulais qu'il comprenne que nous n'étions pas *ensemble*, mais autant que je sache, Adam n'en avait rien à cirer, d'une manière ou d'une autre.

– Comment était le film ? me demanda-t-il en se glissant sur le banc pour me faire plus de place.

Je m'assis juste à côté de lui. Pendant une seconde, j'eus une pensée très égoïste : je *veux* m'asseoir ici, et personne ne pourra m'en empêcher. Et, tout à coup, j'étais près de lui pour la première fois depuis que j'avais commencé à réaliser mes sentiments pour lui. Mon cœur se mit à battre très fort. Alors, *comment* était le film ? J'avais passé la majorité du temps à penser au rire insupportable de Kyle.

– C'était une expérience plutôt… bruyante, dis-je en lançant vers Kyle un regard que j'exagérai en espérant qu'Adam comprendrait que je ne parlais pas du film.

– Est-ce que tu parles du film ou de *l'auditoire* ? demanda Adam, avec la même emphase et en regardant en direction de Kyle.

Il avait donc compris !

– L'auditoire, précisai-je en m'assurant que Kyle ne nous écoutait pas.

Kyle était assis à côté de moi lui aussi. Kyle, Adam et moi faisions face à Jeff et Krystina, mais Kyle était occupé à raconter aux deux autres que la dernière fois qu'il était venu à ce restaurant, un de ses amis s'était soûlé et comporté comme un idiot. Il ne semblait même pas avoir remarqué que je ne l'écoutais pas, puisqu'il se retourna pour me sourire pendant qu'il riait de l'une de ses propres blagues.

– Quand tu dis que c'était une expérience bruyante, tu veux dire qu'il parlait pendant des scènes importantes ?

– Non, ce n'est pas qu'il parlait. Bien que c'était très agaçant.

– Est-ce que c'est parce que l'auditoire... riait ? Est-ce qu'il s'agissait d'un rire bien fort, par hasard ?

À ce moment précis, Kyle explosa de rire. J'attendis qu'il termine.

– Oui, c'était exactement ça, le problème. Alors, comme tu peux imaginer...

– ... c'était difficile pour toi de te concentrer.

Il fit un petit sourire narquois, et j'en fis autant. Ses yeux sombres étaient espiègles. Et même si je savais depuis des jours que je tombais graduellement amoureuse de lui, c'était la première fois que je savais que lui et moi pensions la même chose, et que je lui plaisais aussi.

Après cela, on n'a pas flirté ou quoi que ce soit. Adam parlait beaucoup avec mon frère, Kyle racontait des histoires interminables et n'aimait pas se faire interrompre, et Krystina me répétait combien mes cheveux étaient beaux. Mais quand nous sommes tous sortis et avons été sur le point de rentrer chacun de notre côté, Adam a mis sa main sur mon bras et m'a retenue doucement.

– Es-tu libre, demain ? demanda-t-il.

– Oui.

– Toute la journée ?

– Oui. Je n'ai aucun plan, pour toute la journée.

– Viens me rejoindre pour le petit-déjeuner.

Ce n'était pas comme une question, c'était une proposition, et je n'avais qu'une envie : *rire* de bonheur.

– D'accord. Où ?

– Au pavillon des étudiants, à neuf heures.

Puis il m'adressa un sourire.

– Tu vas vraiment venir ?

– Oui, soufflai-je.

Ensuite, je partis rattraper mon frère et Krystina en sautillant, puis il tourna les talons et partit dans l'autre direction.

## CE QUE JE SAIS SUR L'AMOUR

1. Il n'est jamais garanti que ce qui se passe entre deux personnes restera privé.

2. Les gens ne vous disent pas toujours la vérité à propos de leurs sentiments à votre égard. Et la vérité, c'est qu'ils ne ressentent peut-être pas la même chose que vous.

3. On appelle les étrangers des étrangers parce qu'ils sont étranges !

4. Je pense qu'on peut se remettre d'une peine d'amour. Si vous devenez fou de quelqu'un d'autre, vous oubliez que ça fait mal.

**30 juillet**

Je ne sais pas trop comment c'est arrivé. Elle est entrée avec la version rieuse de Brad Pitt, et je me suis dit, oh ! c'est la vie. D'accord, je vais accepter mon sort. Puis elle s'est assise juste à côté de moi, et quand elle parlait du film qu'elle avait vu avec lui, elle s'est comme moquée de lui. Je n'étais pas sûr d'avoir bien compris, alors j'y suis allé tranquillement. Mais il y a une règle : on ne flirte pas avec une fille devant son frère. Cela dit, Jeff ne semble pas connaître cette règle, et la sœur de Brad Pitt semblait plutôt intéressée à lui hier. Ça ne durera pas, cependant. Lui, c'est juste un pauvre Anglais. Et elle, c'est une Américaine blonde. Quand même, Gwyneth Paltrow et tout...

Je vois Livia dans une demi-heure. Juste elle et moi ; pas de frère, pas de M. Pitt, pas d'Anglais affreusement maigre. Juste elle et son sourire du tonnerre, celui qui me fait fondre en dedans. J'ai quelques plans pour aujourd'hui, et cer-taines idées sur la façon dont je devrai placer mes pions, si je ne perds pas les pédales. Je verrai comment ça ira.

31 juillet

Je suis arrivée à la cafétéria dix minutes plus tôt que prévu. Adam était adossé au mur. En me voyant, il se redressa et marcha à ma rencontre. Je portais ma nouvelle robe à la Audrey Hepburn, avec un petit cardigan de coton jaune pâle et les cheveux remontés en un chignon savamment négligé, qui m'avait pris environ trente minutes à placer.

– Wow, tu es vraiment ponctuelle, dit-il.

*Ponctuelle ??? Hum ! Et ma robe, elle ?*

– Oui, et toi aussi à ce que je peux voir.

– Que dirais-tu de… (Il sourit, d'un sourire qui n'était pas sage.) Que dirais-tu de prendre un petit-déjeuner *un peu* plus tard, à New York ?

C'était un de ces moments où je vivais trop d'émotions d'un seul coup. Je ne pouvais pas réfléchir clairement. Celle qui dominait était une joie délirante et folle doublée d'un grand vertige. Jeff avait été tellement occupé à travailler jusqu'à maintenant qu'il n'avait pas encore fait de plan pour m'y emmener. Pourtant, c'était si près. De Princeton, je pouvais pratiquement *sentir* New York, son pouls et son souffle, qui me tentait, m'attirait. La ville la plus prestigieuse du monde ! *Ça*, c'est une bonne idée pour une première *date*. Et aller là-bas pour le *petit-déjeuner* ! Comme si nous faisions partie de cette classe de gens qui vont à New York pour le petit-déjeuner.

– Oui !

D'autres émotions et d'autres pensées se bousculaient dans ma tête. Elles disaient : « Non, c'est risqué. Je dois aviser maman. Je dois le dire à Jeff. Est-ce que je le connais suffisamment ? Et s'il m'arrivait quelque chose ? Si on se perdait ? Et si on se faisait tuer ? N'y va pas ! » Je savais que ma mère serait furieuse si j'y allais sans le dire à Jeff, *et* qu'elle ne me laisserait pas y aller sans lui.

– Super. Passe un coup de fil à Jeff pour le lui dire. En fait, demande-lui s'il pense que tu devrais y aller.

Il avait carrément interrompu mes pensées, comme s'il pouvait les entendre et en avait assez de les écouter radoter.

– On peut se diriger lentement vers la gare et tu pourras l'appeler pendant qu'on attendra. Et s'il pense que c'est une mauvaise idée, au moins tu auras vu la gare de l'université. C'est une attraction touristique en soi !

La gare était minuscule, une seule plateforme et un petit guichet. Je m'assis sur un banc et je téléphonai à Jeff. Adam me laissa un peu d'intimité ; il déambula jusqu'à l'autre bout de la plateforme et s'appuya à un lampadaire en métal. Je l'observai de loin. Il avait mis un t-shirt bleu pâle aux manches à rayures verticales marine, une paire de jeans bleu gris qui tombaient parfaitement bien sur ses magnifiques jambes minces, et ses cheveux foncés brillaient dans le soleil du matin.

– Salut Liv, répondit Jeff. Tout va bien ?

– Adam propose qu'on aille à New York aujourd'hui. Qu'en penses-tu ?

Il y eut un bref silence. Ce n'était pas un bon signe.

– Veux-tu y aller ?

– Oh oui ! Jeff, tellement.

– Comment te sens-tu ?

– Que veux-tu dire ?

– Tu sais très bien ce que je veux dire, Livie.

– Jeff, je ne suis plus malade, dis-je en baissant le ton.

– Ça ne veut pas dire que tu es assez forte pour agir exactement comme tout le monde. Tu deviens vite fatiguée, soupira Jeff. Mais bon, c'est juste une petite balade en train, puis une promenade en ville. Ce n'est pas comme s'il allait t'emmener descendre l'édifice de l'Empire State en rappel. (À la seule mention de cet édifice mythique, mon cœur palpita.) Et ce sera une belle journée pour cela, il fera un peu plus frais aujourd'hui. La météo prévoit même des probabilités d'averses légères.

– Alors, es-tu en train de dire que tu es d'accord ? demandai-je.

– Non, je ne suis pas vraiment *d'accord*, précisa Jeff. Mais tu vas y aller quand même, n'est-ce pas ? Livia, promets-moi que tu feras attention et que tu respecteras tes limites. Ne cours pas, ne reste pas au soleil, n'en fais pas trop. Adam est un bon gars ; dès que tu te sens fatiguée, *dis-lui* et explique-lui pourquoi. Tu n'es pas obligée de tout lui raconter, mais dis-lui ce qu'il faut pour qu'il comprenne. Et ne rentre pas trop tard. Et j'irai te faire faire une vraie visite la semaine prochaine, si ça ne t'embête pas d'y retourner avec moi.

– Bien sûr que je veux y aller avec toi ! Plus qu'avec n'importe qui ! Jeff, tu es super. Vas-tu le dire à maman ?

– Oui.

– Quoi ? Ça ne servira qu'à l'inquiéter. Pourquoi ?

– Parce qu'on est grands, Liv, on n'essaie plus de lui cacher des choses.

On aurait dit que le train sortait tout droit d'une autre époque. Le chef de gare attendait gentiment que tout le monde soit monté à bord, puis il partait quand bon lui semblait. Adam m'expliqua que les gens d'ici appelaient ce train « le jouet ».

– Avant, les enfants du coin s'amusaient à *surfer* sur le toit.

– Quoi ? Tu veux dire qu'ils se tenaient debout sur le dessus du train ? Mais ils auraient pu tomber et se tuer !

– C'est ce qui est arrivé à l'un d'entre eux.

– Mon Dieu ! me désolai-je.

Je m'étirai le cou plus près de la fenêtre pour voir si des jeunes grimpaient là-haut. À l'intérieur, les bancs étaient en cuir bien rembourré. Il n'y avait que quelques passagers. Malheureusement, nous n'allions pas rester à bord du *jouet* jusqu'à destination ; nous avions une correspondance cinq minutes plus tard à la gare Princeton Junction. Le deuxième train était beaucoup plus grand et moins mignon, et rempli à craquer de gens plus sérieux. Ils semblaient tous étrangers ou, devrais-je dire, si américains. Même les vieilles dames ne ressemblaient en rien aux vieilles dames britanniques ; elles avaient les cheveux plus gonflés, des vêtements plus pratiques et plus de bijoux. Adam plaça nos billets sur le bord du siège et me passa une bouteille d'eau froide. Je me laissai tomber sur le dossier et admirai le paysage.

Nous parlions de tout et de rien ; je l'aidais à rattraper les derniers potins des vedettes britanniques depuis qu'il était parti, et tout se déroulait si naturellement que ça me relaxait. Je me disais que c'était un peu comme aller de Manchester à Liverpool : c'est juste une ville au bout d'un trajet en train, puis le même trajet de retour à la maison. Pourquoi avais-je paniqué ? C'était la peur de l'inconnu, sans doute. Donc, malgré les recommandations de Jeff, je ne pensais pas avoir besoin de raconter à Adam tous les détails de ma vie-en-tant-que-personne-malade pendant ma première vraie *date* avec lui.

– Tes chaussures n'ont pas l'air d'être faites pour marcher longtemps, constata Adam en regardant mes petites sandales noires. Je pense qu'on va y aller mollo.

– Mais non, elles sont très bien. Elles sont presque plates. Je peux marcher des kilomètres là-dedans.

– Je ne peux pas croire que tu viens d'accepter de venir à New York avec moi, avoua Adam, se calant un peu plus dans son siège en affichant un beau sourire.

– Pourquoi ?

Je me tournai pour le regarder en face.

– Eh bien, prendre un petit-déjeuner ensemble, c'est une chose, mais là, tu devras passer des heures avec moi, expliqua-t-il, les yeux pétillants.

– Ouais, je n'avais pas pensé à cela. Qu'arrivera-t-il si on n'a plus rien à se dire après un moment ? lançai-je, en faisant mine d'être inquiète.

Je ne sais pas pourquoi cela semblait si drôle parce que, dans la vraie vie, j'ai *toujours* peur de manquer de sujets de conversation avec les gens. Pourtant, la situation me semblait comique. C'est tellement facile de discuter avec Adam que c'en est presque ridicule.

– En plus, je ne connais pas la ville, alors je vais être obligée de rester avec toi toute la journée.

– Ouais, ça pourrait devenir problématique..., ajouta Adam en se frottant le menton. Je pense qu'en arrivant à New York, on devrait prendre le premier train pour rentrer à Princeton. Tu as dit que tu adorais le train, donc j'imagine que c'est déjà la *meilleure date* de ta vie.

J'avais envie de rire, mais je gardai une voix sérieuse.

– Eh bien, je suppose qu'on pourrait sortir voir la ville *cinq* minutes. Juste pour tirer profit de nos billets de train. Ensuite, d'accord, rentrons directement... Avant que la conversation ne tombe complètement à plat.

Adam se mit à rire, et puis, oh là là, il m'embrassa. Un tout petit bisou, posé rapidement sur les lèvres.

– Désolé, je n'ai pas pu résister. Tu es vraiment drôle. Tu es super belle.

Je sentis instantanément mes yeux se remplir de larmes et mes joues virer au rose. Je détournai le visage pendant que j'essayais de contenir mon émotion. Je ne m'étais jamais sentie comme cela auparavant. Personne ne m'avait jamais rien dit d'aussi gentil. Luke avait toujours été assez méchant ; dès le début, il avait toujours été très drôle, mais légèrement cruel. J'aimerais bien savoir ce que j'avais trouvé irrésistible là-dedans ?

Quand je me tournai de nouveau vers Adam, il m'embrassa encore une fois. Ce baiser me surprit autant que le premier, mais il dura quelques secondes de plus, et fut plus doux, et nous nous sommes calés plus bas dans nos sièges pour que personne ne puisse nous voir. On ne m'avait pas embrassée depuis longtemps. J'avais oublié l'effet que ça fait, quand tout à coup le visage de quelqu'un se trouve si près... C'est comme si cette personne devenait plus vraie.

– Bon, soupira Adam, j'ai enfin réglé ça. Je peux maintenant te laisser tranquille tout le reste de la journée. Je dis toujours que, si tu embrasses la fille dès le début de la *date*, ça fait tomber la pression...

– Ah bon ? C'est vraiment ce que tu dis *toujours* ?

– Toujours. C'est ma règle d'or. Je dis ça depuis… eh bien depuis que je t'ai revue à Princeton. Bon, d'accord, en vérité, ça m'est venu à l'idée un peu plus tard. Une chose est sûre, je me dis ça depuis ce matin.

On a continué à faire des blagues tout en discutant, mais mes yeux devinrent plus sérieux. Je cherchais dans son regard une assurance ; est-ce que tout cela était vrai ? Est-ce que tout se passait trop vite ? Comme cela avait été le cas avec Luke ?

Laissez-moi vous raconter comme je me suis sentie quand j'ai vu New York pour la première fois : c'est comme dans un film. J'ai marché dans un film. Il y a vraiment de la vapeur qui s'échappe des bouches de métro dans le pavé, et des hommes qui sortent la tête de leur gros camion et crient « Hé ! Mademoiselle ! Ôtez-vous de là ! » Il y a aussi des femmes vêtues de tailleurs très chics qui hèlent des taxis en sifflant et qui mangent des bretzels dans un emballage de papier. Tout est *trop grand*. J'avais juste envie de rester plantée là, la bouche grande ouverte, à fixer ce décor, et de rire aux éclats.

– As-tu faim ? Veux-tu aller manger tout de suite ?

– Eh bien, je dis toujours que, si tu manges dès le début de…

– Ha ! ha ! Ha ! OK, allons manger.

De la gare de train, nous avons marché jusqu'au quartier Chelsea. Il faisait déjà trop chaud pour tolérer mon cardigan. J'étais un peu nerveuse d'exposer mes épaules, mais quand j'ai aperçu mon reflet dans une vitrine, j'ai été agréablement surprise et me suis trouvée très *femme*. L'endroit où nous sommes allés prendre le petit-déjeuner ressemblait un peu à un salon de thé anglais, avec beaucoup de boiseries sombres et des tables en bois très proches les unes des autres. J'ai commandé du pain doré, pensant que ce serait une tranche normale, mais ce que j'eus dans mon assiette avait la taille d'un dictionnaire légèrement frit dans du beurre et saupoudré de sucre à glacer. J'ai tout de même réussi à engloutir presque tout ce plat gargantuesque.

– Je ne sais pas s'il y a des endroits que tu aimerais visiter en premier. Je t'emmènerai voir ce que tu veux. Aussi, si tu préfères me laisser faire des plans, eh bien, j'ai un genre de plan.

– Alors, allons-y avec ton plan.

– Euh, bien ce n'est pas tout à fait un *plan* comme tel, admit-il en riant. Je devrais probablement te faire signer une clause de non-responsabilité qui dirait que si tu accepteps de suivre mon plan, tu n'as pas le droit de te retourner ensuite contre moi et de me dire que ce n'était pas un plan !

– Je ne signerai rien du tout !

– Quoi ? Mais j'ai déjà préparé les papiers ! rigola-t-il. Écoute, je peux t'exposer mon plan, et si tu as des objections, tu pourras les soulever tout de suite. Ça te va ?

Je le fixai droit dans les yeux.

– Adam, tu pourrais m'emmener faire le tour des égouts de la ville, et je serais tout aussi heureuse d'être là. Alors, ne t'en fais surtout pas avec ton plan.

– Ouais ! Le plan est approuvé ! s'exclama-t-il en brandissant une main victorieuse.

Le fameux plan consistait à se promener à l'ombre des arbres du quartier Lower East Side tout en bavardant et en riant, en trébuchant l'un sur l'autre *accidentellement* tout en admirant le sommet des plus beaux édifices. Des jeunes jouaient au basket-ball sur des terrains délimités par des grillages de fil de fer. À un moment donné, nous avons sauté en bas du trottoir pour laisser passer un vieillard aux cheveux bleutés et ses trois caniches au pelage bien taillé. Plus loin, un écriteau où était gribouillé *Vente de garage* menait à un genre de marché informel dans la rue. Adam insista pour m'acheter un jeu de société datant des années 1960 qui s'appelait *L'heure du cocktail* ; j'en gémis de plaisir. Il incluait de verres à martini miniatures en guise de pions, et des cartes à collectionner où il y avait des images en couleurs de femmes bien habillées et des plateaux de hors-d'œuvre. Le tout lui coûta l'énorme somme de quatre dollars. Je ne savais pas que cela pouvait être aussi facile et agréable de sortir avec un gars. Le saviez-vous ? Je croyais qu'il fallait subir davantage de moments d'angoisse où l'on se demande « Est-ce que je lui plais ? » avant de se promener gentiment à New York avec lui. N'est-on pas supposée cacher ses sentiments un peu plus longtemps, au cas où il aurait peur et soit intimidé par votre intérêt pour lui ?

– Je ne sais pas si tu aimes les boutiques de vêtements et le magasinage, mais en tout cas, il y a des boutiques qui pourraient t'intéresser sur cette petite rue, je pense. Quoique je pourrais me tromper sur le genre de choses qui t'intéressent et, si c'est le cas, ne m'en veux pas.

En venant à New York avec Adam, j'avais d'abord imaginé qu'on ne verrait que des grands magasins gigantesques, comme Macy's et Bloomingdale's, avec des ascenseurs en verre et des portiers en uniforme. Au lieu de cela, Adam m'entraînait dans les petites rues plus personnalisées, les endroits qu'il avait découverts et gardés secrets pour lui. Ces boutiques n'étaient pas très chères, mais elles étaient remplies de bijoux faits de cristal délicat et de vieilles photos, de robes de bal d'époque aux couleurs pastel, ou de vêtements neufs conçus par de jeunes créateurs en vogue. À une adresse, on trouva même une paire de chaussures rouges très luisantes qui ressemblaient à s'y méprendre à celles de Dorothy dans *Le Magicien d'Oz*. Par le plus pur des hasards, elles étaient exactement de ma pointure. Mais elles étaient hors de prix, et n'auraient pas été pratiques du tout.

– Elles ne sont pas plus jolies que celles que tu as. Au fait, comment se portent tes pieds ?

– Je te l'ai dit, je peux marcher des kilomètres avec ça.

– C'est déjà fait. Arrêtons-nous pour boire quelque chose.

Il était environ dix-sept heures. Nous sommes entrés dans une petite pâtisserie où nous avons mangé des cup cakes et bu de la limonade maison. Il n'y avait que quelques tables, et un gros chat blanc assis dans un coin. Il se léchait les pattes et nous regardait de ses yeux verts. À vrai dire, mes pieds *étaient* fatigués, et je l'étais aussi. Je me souvins des paroles de Jeff. Au cours de la journée, mes sentiments pour Adam s'étaient développés encore davantage. Je pouvais lui parler de moi, lui avouer des demi-vérités sans avoir à tout lui cacher. J'ai commencé à lui faire confiance, mais quand je pense à ce qui est arrivé avec Luke, peut-être que je ne devrais pas. C'est tellement *injuste* que le cancer ait encore le pouvoir de ruiner ma vie, même si je suis presque enfin au bout du combat.

J'étais en train de ramasser des miettes de glaçage sur le rebord de l'emballage de mon *cup cake*, me demandant comment dire à quelqu'un que vous êtes différente, ou plutôt « abîmée », sans l'effrayer complètement et le faire fuir en courant.

– Qu'est-ce qui ne va pas ? Tu as l'air triste. Est-ce que c'est ce chat qui te dérange ? Tu sais, je n'ai pas peur de lui. Je vais aller lui dire d'arrêter de te fixer comme un maniaque.

Le chat secoua la queue pour montrer son agacement, comme s'il avait entendu Adam se moquer de lui.

– Non, ce n'est pas ça.

– Comme tu veux.

Il fronça les sourcils, comme s'il tentait de lire dans mes pensées. Je regardai droit dans ses yeux bruns, et ne pus dire un mot.

– Je pense que je pourrais faire à peu près tout ce que tu voudrais que je fasse, aujourd'hui, souffla-t-il doucement.

Puis, haussant la voix, il ajouta :

– Euh, bien, avant que tu te fasses des idées, disons que je ferais n'importe quoi sauf un meurtre. Cela prendrait tout un effort de persuasion pour que je m'implique dans un meurtre pour toi. Même un vol, aussi minime soit-il. Je ne suis pas sûr que j'embarquerais là-dedans. Alors, écartons tout de suite l'idée d'un crime de quelque nature que ce soit, d'accord ?

J'étais trop fatiguée pour rire. Je lui fis un petit sourire faible.

– Tu veux rentrer à Princeton, c'est ça ?

– Non, assurai-je. Bien sûr que non. Je suis juste un peu fatiguée.

– Bon, en tout cas, retournons à la maison. On reviendra bientôt. Ce qui devait être un petit-déjeuner commence à être une longue sortie. Tu pourrais me poursuivre en justice en vertu de la loi sur la désignation commerciale.

– Heureusement pour toi, j'ai refusé de signer tes papiers, rigolai-je.

Je n'ai pas trouvé la force de lui parler de ma maladie. Quand nous sommes arrivés à la gare, nous venions tout juste de rater le train. Pendant que nous attendions le prochain, il semble que nous avions finalement épuisé tous nos sujets de conversation, et ma tête était trop lourde et j'étais trop fatiguée pour faire quelque effort que ce soit. Nous sommes finalement montés à bord, puis j'ai sorti mon beau jeu de société. On l'a examiné pendant un moment, jusqu'à ce que, bercée par le bruit et le roulement constants du train, je finisse par m'appuyer contre lui. Il mit son bras autour de moi et nous sommes restés ainsi, silencieux. En arrivant plus près de Princeton, quand le wagon se fut vidé, nous nous sommes embrassés et embrassés. Il était plus de vingt et une heures quand nous sommes rentrés. Il me raccompagna à pied jusqu'à la maison, dans la direction opposée au coucher du soleil qui étendait à l'horizon des lueurs lilas, et je l'invitai à entrer pour dire bonjour à Jeff.

J'ouvris la porte avec les clés que mon frère m'avait données et, une fois à l'intérieur, nous avons surpris Jeff et Krystina en train de s'embrasser sur le canapé.

Blogue

Dans la tête d'Adam

**31 juillet**

Dieu merci pour le trajet du retour. Rendu là, j'étais sérieusement inquiet. Durant la majeure partie de la journée, tout s'était bien déroulé. Je veux dire, vraiment, vous auriez dû me voir. J'ai fait quelques blagues correctes, elle a semblé aimer la visite au marché aux puces, je l'ai emmenée voir des chaussures... Mais à un moment donné, je l'ai peut-être ennuyée à mort. Puis elle a ouvert son jeu de société dans le train, et s'est emballée et s'est mise à être totalement adorable comme elle sait l'être, et c'est arrivé.

Je suis tombé complètement amoureux dingue de Livia Stowe.

1er août

– Mon frère était vraiment intéressé à toi, tu sais, déclara Krystina d'un ton moqueur qui se voulait aussi un peu grondeur. Je ne savais pas qu'il y avait déjà quelqu'un d'autre dans ta mire.

Je dis *un ton moqueur*, mais, en réalité, je me demande s'il n'y avait pas un peu de contrariété dans sa voix espiègle.

– C'est faux. Je veux dire, ce n'est pas vrai que ton frère était intéressé à moi. Il n'a pas eu le temps de me connaître.

– Qu'est-ce que tu t'imagines ? Tu es super jolie. Tu aurais dû me le dire que tu étais sérieuse par rapport à Adam. Tu l'avais déjà en tête, n'est-ce pas ?

– Un peu, oui, mais je ne savais pas si j'avais des chances avec lui.

Je levai les yeux vers elle pour voir si elle était réellement fâchée à propos de tout cela. Elle roula les yeux.

– Ah ! OK, je te pardonne. De toute façon, il aurait été trop bizarre qu'on sorte toutes les deux avec le frère de l'autre. Et je suis pas mal folle du tien. Je le trouve super beau et ridiculement adorable.

– Alors *ça*, je n'arrive pas à le croire. Il est fou de toi depuis le jour où il t'a rencontrée.

– C'est juste que je ne savais pas si j'avais des chances avec lui, me singea-t-elle en me lançant un regard exorbité.

Non mais, c'est vrai, venant *d'elle*, ça sonnait totalement impossible. Vous devriez la voir.

On prenait un bain de soleil dans un parc situé entre les pavillons du campus. Je dis *on*, c'est-à-dire que Krys était étendue là, avec un haut de bikini rouge fait au crochet et un short bleu – elle ressemblait à Wonder Woman – et se faisait cuire pour gagner une teinte de doré encore plus foncée. Elle se relevait de temps en temps pour me gronder un peu alors que je me badigeonnais d'écran solaire avec facteur de protection 50, couverte d'un chapeau, avec des verres fumés et une bonne épaisseur de vêtements de coton. Avec des cheveux roux, vous savez, on prend toutes les précautions nécessaires.

Je commence à m'ennuyer de mes amies, en Angleterre. Non parce que je ne suis pas heureuse ici, au contraire. C'est plutôt parce que je voudrais qu'elles m'associent à de bonnes nouvelles, aussi. Vous souvenez-vous, je m'inquiétais d'avoir perdu un peu ma place, à cause de ma maladie, par rapport à la proximité qu'elles partageaient ? Avant de venir à Princeton, je me sentais de plus en plus comme si j'avais vécu à une époque différente de la leur, comme si j'avais été retenue en arrière durant quelques années. C'est ce qui m'était arrivé, d'une certaine manière. Quand elles parlaient de bars et de discothèques, je pensais tout bas : « Vous sortez dans des bars ? Qu'êtes-vous devenues ? Des femmes ? » Et puis, je réalisais que nous l'étions toutes. Elles avaient été là pour moi quand Luke m'avait quittée, mais depuis ma maladie, cela avait été la dernière fois que j'avais eu autre chose à raconter, et cela faisait déjà très longtemps. Elles m'avaient donné beaucoup de soutien et de réconfort, et je m'étais sentie aimée et bien entourée. Cependant, comme c'était toujours le cas avec moi, je n'avais eu que des mauvaises nouvelles à leur apprendre.

Je me demande constamment comment annoncer à Adam ce dont il ne se doute pas. Je ne sais pas quoi lui dire ni comment réagir si, à cause de cela, il change d'idée à mon sujet. Il est trop tôt pour que je m'en fasse autant... Et, en même temps, je réalise que mes sentiments pour Adam sont les plus enivrants et les plus forts que j'ai jamais eus. Je me souviens d'avoir été contente, au début de mon histoire avec Luke, mais cette fois-ci, c'est différent. Je ne me sens pas anxieuse, j'ai confiance. Je n'ai pas de doutes à propos de *lui*, comme j'en avais à propos de Luke. Ce dernier était beau à s'en rendre malade, mais d'un autre côté, il était toujours en train de critiquer mes amies, et il faisait parfois des blagues avec moi qui dépassaient les limites et frisaient la méchanceté. Je m'étais mise à trouver toutes sortes d'excuses pour justifier son comportement et à garder plusieurs choses secrètes. Ce n'est que maintenant que je comprends tout cela, mais j'ai l'impression que je l'ai toujours su sans oser y *réfléchir*. Dès le début, il y avait des moments où je ne l'aimais même pas.

Je sais que beaucoup de filles disent « Cette fois-ci, c'est différent », avant de se faire briser le cœur à nouveau. Et là, je fais comme elles : cette relation-ci n'a rien à voir avec la dernière. Il n'y a rien d'Adam qui m'agace ou que je n'aime pas. J'aime tout de lui, dans ses moindres gestes et dans des détails qui pourraient sembler banals. Par exemple, j'aime la façon dont il parle de son frère et à quel point il l'apprécie, et le fait qu'il comprend combien mon propre frère est important pour moi. J'aime comment il a examiné mes sandales et s'est inquiété du fait que j'allais peut-être avoir mal aux pieds. J'adore qu'il m'ait emmenée dans certaines boutiques parce qu'il avait pensé que je les aimerais ; et qu'il ait vu juste. Luke avait l'habitude de me traîner dans d'innombrables magasins de disques pour me montrer les nouveautés de groupes dont je n'avais jamais entendu parler. Il disait que j'avais un très mauvais goût pour la musique et que j'avais besoin d'apprendre à distinguer ce qui était bon.

De bien des façons, il n'y a aucune comparaison. L'humour d'Adam n'est jamais mesquin ou railleur. Ses yeux brun foncé sont remplis de bonté. Il comprend plus vite ce dont je parle ; c'est peut-être parce qu'il est plus intelligent, ou parce qu'on se ressemble davantage, ou encore parce qu'il est plus intéressé et qu'il *veut* comprendre. Il me trouve comique. Et cela me fera sans doute passer pour une fille désespérément crédule et pathétique (ce sont les mots que Luke emploierait), mais tant pis, je vous le dis : c'était *vraiment* formidable quand Adam m'a dit qu'il me trouvait belle. Parce que, de toute évidence, je ne le suis pas ! Je suis moche, mes cheveux sont laids, j'ai le teint pâle et la peau couverte de taches de rousseur, mon nez est trop large, mes cils sont pratiquement invisibles, j'ai de grosses cuisses et mes genoux se touchent quand je marche et oh ! mon Dieu ! passons tout le reste... et, malgré tout cela, *il me trouve belle.*

Comparer Adam et Luke est inapproprié, parce que c'est comme si je n'avais pas encore oublié Luke, comme si je l'avais encore en tête. Pourtant, quand je pense à lui, maintenant, je ne ressens plus rien ; aucune amertume, aucune tristesse. Cela me fait le même effet que si je passais un bel après-midi d'été, couchée dans l'herbe, la tête légère et sans souci, à regarder des nuages flotter paisiblement dans le ciel. Il me paraît aujourd'hui *insensé* que ce garçon ait pu me faire sentir aussi triste qu'il ne l'a fait. S'il m'arrive de penser à lui, c'est juste pour me demander *Mais qu'est-ce que je faisais avec lui ?* Je suis fière d'Adam. Il peut rencontrer mes amis sans que ça m'angoisse. Je n'aurai pas peur qu'il soit de mauvaise humeur et méprisant, ou qu'il dise des choses embarrassantes. Aussi, je n'ai pas à craindre d'entendre ce qu'il se garde de me dire plus tard dans le dos de mes amies. Et voilà, c'est pour tout cela que je m'ennuie de celles-ci. Tout simplement parce que je suis heureuse, et que j'aimerais qu'elles me voient ainsi, pour une fois !

La folle séquence d'événements des derniers jours avait remué mon amitié avec Krystina. Alors qu'on se faisait bronzer, je pouvais sentir que quelque chose avait changé entre nous. Maintenant qu'elle est devenue la blonde de mon frère, je la verrai plus souvent, mais ce n'est plus moi qu'elle viendra voir quand elle passera à la maison. Il faut qu'on s'efforce de bien s'entendre toutes les deux, autant pour faire plaisir à Jeff que pour notre propre bien. Ce que je vais dire va sans doute sembler complètement idiot… Alors que l'amitié entre Krystina et moi était naturelle et simple dès le début, je me surprends maintenant à peser davantage mes mots quand je parle avec elle. Par exemple, j'espère ne rien dire qui pourrait donner une mauvaise image de Jeff, et j'espère qu'elle ne s'imagine pas que notre famille est horrible. Il y avait eu un genre de pression subtile pour que ça fonctionne entre son frère et moi, et cette pression a complètement disparu depuis que je passe plus de temps avec Adam. Tout de même, je m'en fais de plus en plus à l'idée de voir Kyle se pointer ; ce serait tellement gênant ! Et comme je vois Krystina *encore plus*, à cause de Jeff, il y a *encore plus* de chances que je recroise Kyle. Ah ! quelle histoire !

– En passant, il y a un party samedi soir, annonça Krystina. J'ai pensé qu'on pourrait tous y aller ?

– Oh ! euh... que veux-tu dire ?

Est-ce que je pouvais inviter Adam, ou est-ce qu'elle était trop fâchée parce que j'avais commencé à le fréquenter en cachette sans lui en parler ?

– C'est un genre de grosse fête organisée par la communauté étudiante. Plusieurs gars qui habitent dans les résidences Butler prévoient ouvrir leurs portes. Ils vont aménager un espace entre les bâtiments, mettre de la musique, on va s'amuser...

Les résidences Butler sont, en quelque sorte, un petit village de maisons « temporaires » pour étudiants, sauf que, selon Krystina, ces gars y habitent depuis environ cinquante ans. Jeff m'avait dit qu'elles étaient habitées par des étudiants de troisième cycle, c'est-à-dire plus âgés que nous tous et beaucoup plus vieux que moi. J'étais donc un peu craintive.

– Est-ce que ça les dérangerait si on arrivait sans invitation, par exemple, moi et euh… Jeff et…

– Non, bien sûr que non ! Demande à Adam s'il veut y aller, la prochaine fois que tu le verras.

Je retrouvai Adam un peu plus tard au bar à sushi, pour le lunch. Quand je l'ai aperçu, m'attendant dehors, je fus soudain prise de panique et j'eus envie de m'enfuir en courant. Sans aucune raison. Hier, notre escapade à New York avait été si parfaite. Je réalisai tout à coup que cette journée avait peut-être eu plus d'importance pour moi que pour lui. Peut-être que tout ce que j'avais eu dans la tête depuis hier, toutes ces rêveries où je m'étais imaginé le présenter à mes amies, n'étaient que le fruit de mon imagination et d'un emballement excessif dû à la légèreté de l'été. Un amour de vacances. Peut-être qu'il n'avait pas ressenti la même chose que moi. Peut-être qu'il n'avait même pas prétendu avoir ressenti quoi que ce soit, et que j'avais simplement interprété ce que je voulais entendre. À ce moment précis, quand j'étais à quelques secondes de savoir sur quel ton il allait me parler aujourd'hui et si tout allait bien se passer, un frisson me traversa et j'eus l'impression d'être très seule. Je voulais avoir un plan de rechange et davantage de temps pour valider tout ce que j'avais ressenti durant l'avant-midi. Je voulais retrouver la confiance que j'avais eue. Adam me fit son demi-sourire habituel, et ne dit pas un mot. Il s'approcha de moi et me tendit la main. Lorsque je la pris, il m'embrassa... Ce ne fut qu'un tout petit baiser, mais il suffit pour me confirmer ce que j'avais besoin de savoir : que tout allait bien.

– Tu es vraiment belle.

Il toucha mon dos du bout des doigts et me laissant passer devant lui pour entrer dans le bar à sushi.

Le propriétaire de l'endroit, un Japonais, faisait semblant d'être très autoritaire et se moquait de notre accent britannique. C'était très comique.

– Vous êtes anglais, n'est-ce pas ? Je gagerais que vous aimez votre sushi bien cuit, blagua-t-il en riant très fort. Vous le voulez bouilli, peut-être ?

Son chef, qui était occupé à trancher du saumon, roula des yeux et nous fit un large sourire.

– Krystina nous propose d'aller à un party, aux résidences Butler, annonçai-je à Adam tout en séparant mes baguettes l'une de l'autre. Qu'en dis-tu ?

– Ouais, fit Adam en hochant la tête, il paraît que ce sont de bons partys. Mais je ne connaîtrai pas grand monde là-bas. Est-ce que Jeff y sera ?

– Oui.

– Bon, OK, ce sera sûrement cool. En plus, je n'ai rien de prévu, et j'aimerais te voir, alors ma réponse est oui.

Je réalisai que j'étais presque déçue ; d'un côté, j'allais passer une soirée avec lui, mais d'un autre côté, nous n'allions pas être seuls et libres de nous embrasser comme bon nous semblerait. Adam me dévisagea.

– Qu'y a-t-il ? Tu n'as pas envie d'y aller ?

– Je ne suis pas très à l'aise dans les partys où je ne connais presque personne.

– Ne t'en fais pas. Il y aura moi, Jeff et Krystina. Et je suis persuadé que Kyle viendra faire un tour… Il est très drôle, tu verras ; un vrai farceur, il rit sans arrêt.

– Hé ! protestai-je en lui donnant une petite tape sur le bras du revers de la main.

– Nous ne sommes pas obligés d'y aller. J'ai dit oui parce que je pensais que c'est ce que tu voulais. Ça ne me dérange pas d'y aller ou non. Si tu préfères, on peut rester tous les deux sur le balcon de Dougie et admirer les étoiles filantes.

Aussitôt cette proposition faite, je sus que c'était exactement ce que dont j'avais envie.

– Allons-y, décida Adam.

De toute évidence, il n'avait pas lu dans mes pensées.

– Il faut que tu saches que les partys n'ont rien d'effrayant. On aura du *fun*.

3 août

Cela fait deux semaines aujourd'hui que je suis arrivée aux États-Unis, et il reste moins de deux semaines avant mon départ. Adam vient de me raccompagner à la maison. Jeff dort encore. Je ne sais pas ce qui lui est arrivé après que nous eûmes quitté le party. Je lui ai envoyé un texto pour l'aviser que j'allais passer la nuit à l'appartement du frère d'Adam. Il m'a répondu OK. C'est étrange d'avoir à envoyer un tel message à votre frère. Vaut mieux y aller au plus bref et éviter d'écrire quelque chose comme :

Ça ne veut pas dire qu'Adam et moi allons faire quoi que ce soit, tu sais. Bon, d'accord, on va faire des choses, mais pas ce que tu penses parce que je ne suis définitivement pas prête pour ça, mais genre, essaie de ne pas trop t'en faire, même si moi je m'en fais énormément.

Hier fut une autre soirée douce où l'air était chaud. Krystina, Jeff, Adam et moi avons marché ensemble jusqu'au party des résidences Butler. Quelques-unes des petites maisons recouvertes d'aluminium étaient complètement ouvertes et on y voyait des gens entrer et sortir. Un énorme système de son faisait retentir de la musique *dance*. Dans l'une des maisons, la baignoire était remplie de glaçons où refroidissaient des boissons ; surtout de la bière, et aussi quelques canettes de coca. Nous avons croisé Kyle près de la machine distributrice de boissons gazeuses. Il la secouait de gauche à droite en riant bien fort ; on ne savait pas trop s'il essayait de réclamer une canette dûment payée, ou s'il tentait plutôt d'en voler une. Pour tout dire, j'étais plutôt contente de voir quelqu'un que je connaissais. Autrement, il y avait beaucoup de gens plus vieux que je ne connaissais pas qui se promenaient ici et là et je ne me sentais pas à ma place. Je n'avais pas vraiment envie de rester. Nous serions partis plus tôt, mais il devint évident, à un moment donné, que Jeff serait mal pris si nous le faisions.

Tout d'abord, Krystina a commencé à danser. Puisque Jeff n'a jamais été un grand danseur, il est resté avec Adam et moi et nous avons discuté de la musique et regardé Krystina. Au début, elle m'a tirée par les poignets pour que je me joigne à elle, mais personne d'autre ne dansait, à part quelques filles en petits groupes qui suivaient le rythme. Je me sentais ridicule ; j'étais l'une des plus jeunes là-bas, et on aurait dit que le fait de danser attirait encore davantage l'attention sur moi. Je retournai donc auprès d'Adam et de Jeff, et Krystina revint me chercher. Je souris et fis non de la tête, en prenant soin de m'accrocher au bras d'Adam. Elle retourna se trémousser, s'abandonnant aux rythmes entraînants. Les yeux à demi-ouverts et les bras au-dessus de la tête, elle faisait valser des rubans imaginaires. Nous sommes restés avec Jeff, mais quelque chose clochait dans ce scénario et j'eus de la peine pour lui. Un gars s'est mis à danser avec elle. C'était la première fois que je le voyais. C'était un très beau gars. Il semblait d'origine indienne, il avait les cheveux teints en noir, un *piercing* pointu en argent placé juste sous la lèvre inférieure et quelques bracelets lourds en argent.

Le volume était très fort et pour lui parler, Krystina devait crier.

– Trey ! As-tu apporté *ta* musique ? Est-ce qu'ils peuvent faire jouer *ta* musique, Trey ?

Le gars fouilla dans ses poches et fit non de la tête.

– Ah ! tiens, ce doit être Trey, dit Jeff, l'air déçu. C'est le chanteur d'un groupe qu'elle aime : les Psycho Rats.

– Est-ce un bon groupe ? demanda Adam juste pour entretenir la conversation.

Jeff haussa les épaules.

Trey baladait ses mains autour de la taille de Krystina. Je jetai un œil anxieux vers Jeff, mais je ne savais pas quoi lui dire.

– Alors, Jeff, lançai-je avant même de savoir ce que j'allais inventer ensuite.

Puis je sortis la première idée qui me vint à l'esprit.

– Sais-tu s'il y a un endroit où je pourrais m'asseoir un peu ?

C'était vraisemblablement la pire chose à dire, puisque Jeff est toujours en train de s'inquiéter pour moi si je tousse le moindrement alors, imaginez dans quel état il est quand j'admets être fatiguée !

– OK, on va trouver un endroit tranquille, fit-il.

Adam et moi l'avons suivi jusqu'à un espace gazonné derrière les maisons. La musique n'y parvenait pas. Pourtant, une minute plus tôt, celle-ci résonnait si fort que mes tympans en étaient encore martelés. On s'est assis dans l'herbe et Jeff m'a tendu une bouteille d'eau.

– Ça va ? me demanda-t-il.

Je fis signe que oui. J'espérais que Jeff s'arrêterait là. Qu'il ne dise rien de plus qui puisse dévoiler la raison de son inquiétude à mon égard ou faire en sorte qu'Adam pose des questions. Je voulais qu'il arrête de montrer qu'il se faisait du mauvais sang pour moi.

– Je pense qu'on va y aller bientôt, proposa Adam.

Il me regarda.

– Qu'en dis-tu ?

– Oui, je suis d'accord.

Je voulais vraiment partir, mais je ne voulais pas laisser mon frère tout seul ici.

Adam me consulta du regard, puis se tourna vers Jeff.

– Veux-tu venir avec nous ?

Je me sentis tellement mal. Je n'étais pas sûre de bien comprendre ce que les autres pensaient en ce moment.

– Non, je vais rester, affirma Jeff avec un genre d'assurance forcée. Mais allez-y, vous deux. C'est sage.

Je dirai à Krys que vous êtes partis. Liv, j'ai mon téléphone. Appelle-moi si tu as besoin de moi, peu importe l'heure.

Je fouillai dans mon sac pour trouver mon téléphone, puis je le brandis pour montrer à Jeff que je l'avais, même s'il n'avait pas demandé à le voir.

– Oui, je l'ai, confirmai-je fièrement.

– Tu es sûre que ça va ?

– Oui ! super bien !

– Bon, d'accord. Passez par là, ça vous ramènera directement sur la route, expliqua Jeff tout en pointant le chemin vers la maison.

Nous nous sommes relevés maladroitement et je nettoyai le coude de Jeff, qui était couvert de terre.

– Soyez prudents.

Puis il retourna au party.

– Je devrais peut-être rester avec lui, dis-je à Adam.

– Non.

– Mais il est tout seul.

– Elle ne dansera pas toute la nuit.

– Oui, mais c'est juste que… On dirait que…

– Je ne connais pas Jeff comme tu le connais, mais j'en sais pas mal sur les gars, en général, commença Adam. Si lui et Krystina ont un genre de… je ne sais quoi… il sera vraiment embarrassé que sa petite sœur soit là pour voir ça.

– On est beaucoup plus que frère et sœur. On est plutôt comme des amis.

– Ça ne fonctionne pas comme ça, expliqua Adam. Ta sœur, c'est ta sœur. Je ne suis pas en train de dire que vous n'êtes pas aussi proches que des amis. C'est mieux que ça. Mais il y a des choses qu'un gars ne veut pas que sa sœur voie, même si elle est vraiment proche de lui.

– Qu'entends-tu par *des choses* ? Que crois-tu qu'il se passe ?

– Rien, rien. En fait, je ne sais pas ce qui se passe entre eux ou si quelque chose ne va pas. Je crois juste qu'on devrait les laisser régler ça tout seuls.

– De quelles *choses* parles-tu ? Comment peux-tu dire qu'ils doivent régler leurs *choses* s'il n'y a rien ? Allez ! Dis-moi ? Tu sembles savoir des *choses* !

Adam pouffa de rire.

– Je deviens folle, non ?

– Juste *un peu*, rit-il, en plaçant son index et son pouce à un centimètre l'un de l'autre.

– C'est juste parce que je m'inquiète, avouai-je en souriant enfin.

Je le bousculai d'un petit coup d'épaule.

Adam se tourna et se pencha pour m'embrasser. Il le fit sans m'enlacer. Je lui tendis mes lèvres. On resta ainsi accrochés l'un à l'autre un moment. C'était une façon spéciale de s'embrasser, bien qu'une partie de moi aurait souhaité qu'il me prenne par la taille pour me rapprocher de lui et me serrer dans ses bras.

– OK, allons-y, dit-il.

– Chez toi ? Est-ce que ta proposition d'hier tient toujours ? Le balcon de ton frère ? Les étoiles filantes ? À moins qu'il ne l'utilise ?

– Non, il est à Philadelphie, ce soir, chez sa nouvelle copine.

Il fit une pause.

– Est-ce que ça change les choses ? Je ne veux pas que tu te sentes mal à l'aise.

– Non, pas du tout.

Cependant, même si sa question n'avait rien d'étrange du tout, elle avait soulevé en moi une toute nouvelle gamme d'angoisses.

Les voici :

1. Adam avait-il remarqué à quel point Jeff s'était inquiété lorsque j'avais simplement mentionné avoir besoin de m'asseoir ? Et qu'il s'était empressé de m'apporter de l'eau et me demandait sans arrêt si j'allais bien ? Adam me demandera-t-il s'il y a un problème, ou devrais-je lui dire la vérité ?

2. Si je vais à l'appartement du frère d'Adam et que Dougie n'est pas là, que se passera-t-il ? Devrai-je lui raconter ma *peine d'amour* après mon histoire avec Luke, ou est-ce une mauvaise idée de parler du dernier gars avec qui on est sorti ? Est-ce qu'Adam voudra qu'on… ? Devrai-je lui dire que je suis encore vierge ? Est-ce que ça le dérangera ?

3. Si, à cause de mes angoisses 1 ou 2, je parle de ma maladie à Adam, sera-t-il complètement dégoûté par le fait que j'ai failli mourir ? Changera-t-il d'idée à propos de moi… de nous ?

4. J'espère vraiment que tout va bien pour Jeff.

– À quoi penses-tu ? demanda Adam.

Blogue

Dans la tête d'Adam

3 août

Bon, Miss Livia Stowe a quitté l'immeuble.

Et il n'y a pas un mot qui me vienne en tête.

Sauf...

3 août, 2ᵉ partie

Je viens d'arrêter d'écrire pour faire une pause. Je me suis fait griller du pain. J'ai eu peur de réveiller Jeff quand le grille-pain a éjecté les tranches en faisant *boing* ! J'ai dormi quelques heures seulement et je suis complètement crevée.

À part de ça, comment je me sens ?

Je me sens complètement… *Ah* ! Heureuse et terrifiée à la fois, toute à l'envers et très confiante, et tellement-nerveuse-que-j'en-ai-mal-au-cœur, euphorique et excitée, et j'ai envie-de-danser-et-de-chanter et oh ! mon Dieu ! je l'aime, je l'aime, JE L'AIME !

Je n'ai pas vu d'étoiles filantes, mais il y en a au moins une qui est passée. Adam avait sorti le fauteuil très étroit de son frère sur le balcon minuscule, et on s'était assis tous les deux dessus. Je m'étais pelotonnée contre lui, ma tête sur sa poitrine et son bras autour de moi.

– Là ! Tu la vois ? me demanda-t-il.

– Non ! Où ça ?

– Là où je pointe le doigt… Ah ! trop tard, elle est passée.

Je ne l'avais pas vue.

– Vas-tu faire un vœu ?

Adam resta silencieux un moment. Je crus d'abord qu'il ne m'avait pas entendue.

– Vas-tu faire un v…

– Oui ! répondit-il en riant. J'étais en train de le faire.

– Quel était ton vœu ?

– Tu connais les règles du jeu. Si je te dévoile mon vœu, il ne se réalisera pas.

Je souhaitais qu'il souhaite être avec moi. Mais je n'avais pas droit à un vœu, puisque je n'avais pas vu l'étoile filante.

On a parlé de la prochaine année. Je lui ai dit que je prenais un an de congé avant l'université. J'étais encore très anxieuse à l'idée d'avoir à lui expliquer ce que j'avais vécu. Adam tint pour acquis que je prenais une année de congé pour les mêmes raisons que tout le monde : pour gagner de l'argent ou partir en voyage. J'empruntai certains faits que je pigeai dans la vie de quelques-unes de mes amies. Puis je brouillai les pistes en déclarant que j'évaluais toutes ces possibilités, mais que je n'avais encore rien décidé.

À vrai dire, *je ne sais pas* ce que je ferai l'an prochain. J'ignore si j'ai obtenu de bonnes notes aux examens de fin d'études ; je le saurai peu de temps après mon retour en Angleterre. C'est étrange... Durant les quatre derniers mois, ces examens étaient le centre de ma vie, alors qu'aujourd'hui, j'y pense à peine. Au départ, il était question que je consacre la prochaine année à les reprendre. Maintenant, mes professeurs semblent croire que mes notes seront suffisamment bonnes pour que je puisse présenter une demande d'admission dans les universités qui m'intéressent. Il suffirait d'y joindre une lettre du directeur qui expliquerait pourquoi j'avais dû interrompre mes études. C'est vrai que j'ai travaillé très fort. Étant donné que je me sentais souvent décalée des autres et fatiguée, je passais la plupart de mes heures de lunch à la bibliothèque, durant le dernier semestre, et je me suis abstenue d'aller à un bon nombre de partys.

Ce que tout cela signifiait, c'est que je pourrais avoir beaucoup de temps pour m'amuser. Cependant, je ne suis pas inscrite à l'université cette année, et le docteur Kothari trouve qu'il serait plus sage que je passe l'année à me reposer, pour m'assurer de me remettre sur pied complètement. « Durant leur première année universitaire, les étudiants oublient souvent de s'occuper de leur santé », avait-elle dit.

Adam a encore une année d'études devant lui ; son programme dure quatre ans au total, comme celui de Jeff. Ce qu'on s'empêchait de dire, c'est que si, à tout hasard, on voulait commencer à être ensemble plus sérieusement, si on décidait de se lancer pour de vrai, on trouverait un moyen de faire coïncider les choses pour se voir davantage et être près l'un de l'autre, et ce, pour toute l'année. Adam avait peur que je rate l'occasion d'utiliser ce temps précieux pour parcourir le monde.

– Ce n'est pas ce que je ferais, de toute façon, dis-je en levant les yeux au ciel pour tenter de voir une autre étoile filante.

J'essayais surtout de lui faire oublier ce sujet de conversation.

– Tu ne devrais pas laisser tomber une chance comme celle-là.

– Écoute, on ne devrait plus parler de cela. On n'aura même pas besoin d'y réfléchir avant des siècles.

Mais le fait qu'il en parlait, qu'il *s'en faisait* à ce sujet, me confirma ce que je rêvais d'entendre depuis un moment. Cela confirmait que les sentiments qu'Adam avait pour moi étaient aussi profonds que les miens. Je n'avais pas imaginé tout cela. Ce n'était pas juste une histoire de vacances. Alors, une petite voix en moi me souffla : « Allez, Livia, dis-lui la vérité. »

– Adam, commençai-je. Il y a des tas de choses sur moi que tu ne sais pas. Ce n'est pas tellement grave, mais ça l'est, d'une certaine manière. Je veux dire, ce n'est pas obligé d'être grave, mais ce le sera peut-être.

– Tu as un *chum* ? demanda Adam d'une voix calme.

Je me redressai d'un seul coup et le regardai droit dans les yeux.

– Non ! Euh, bien, en fait, j'espère que oui.

Il éclata de rire.

– Mais oui, bien sûr. Mais pas en Angleterre ?

– Non !

– Alors ? Qu'y a-t-il ?

Je fermai les paupières et posai de nouveau ma tête sur sa poitrine. Je ne voulais pas voir son visage pendant que j'allais lui dévoiler la suite. Je ne voulais pas le regarder alors que ses sentiments pour moi étaient sur le point de changer. Je ne voulais pas observer, non plus, la pitié couvrir son visage comme un masque. Je savais qu'il allait quand même m'apprécier, qu'il voudrait continuer à être mon *ami*, mais qu'il ne me considérerait plus de la même façon. Il ne me trouverait plus belle, drôle et désirable, à l'avenir. J'allais devenir à ses yeux une fille courageuse, différente, imprégnée d'odeurs d'hôpitaux et porteuse de maladie. Et l'idée que j'allais peut-être lui transmettre cette saloperie allait sûrement lui traverser l'esprit, même s'il comprenait très bien que c'était impossible.

– Bon, écoute… J'aurais préféré ne pas avoir à te parler de cela maintenant, ni jamais d'ailleurs, mais surtout en ce moment, parce que tu n'as vraiment pas besoin de te retrouver avec ce genre d'histoire sur les bras alors que tu viens tout juste de me rencontrer…

– Livia, je ne comprends pas ce que tu racontes. Est-ce que tout cela a rapport avec ta leucémie ? Est-ce que tu es retombée malade ?

J'avais le souffle coupé.

– Oui. Non. *Tu es au courant ?* bredouillai-je.

– Bien, euh… à l'université, Jeff a beaucoup parlé de toi parce que tu lui manquais énormément. Aussi, pour être bien honnête, et là, excuse-moi d'être maladroit, je n'avais pas vraiment fait le lien entre *la sœur de Jeff* et *LA sœur de Jeff* que j'avais devant moi quand je t'ai rencontrée. Tu es tellement pleine de vie, pas compliquée et… extrêmement belle, que j'oublie. Si je ne t'en ai pas parlé, c'est parce que je ne savais pas si tu voulais aborder la question.

– Donc, tu l'as toujours su ?

– Euh, bien, oui. Je… Je pensais que tu étais fatiguée d'en parler.

– J'avais peur d'en parler. Je croyais que tu ne voudrais plus de moi la minute que tu le saurais.

– Si je savais quoi ? Dis-moi.

– Si tu savais… à propos de ma leucémie.

– Si je savais *quoi* à propos de ta leucémie ? insista-t-il.

– Mais rien ! Juste que j'avais *eu* la leucémie !

Adam me prit par les épaules.

– C'est tout ? Ou bien est-ce que tu vas m'annoncer que tu passeras ton année de congé à l'hôpital ?

– Non, *non*. Je suis en rémission depuis un an.

– Alors, qu'essayais-tu de me dire ? Tu croyais que je n'allais plus vouloir être avoir toi si j'apprenais que tu avais eu la leucémie ?

Je levai le menton.

– Et puis ? Est-ce le cas ?

Adam m'embrassa. Il caressa mes cheveux, traça doucement le contour de mon visage avec ses doigts, et me serra très fort. J'avais les yeux fermés, et de grosses larmes tentaient de s'en échapper.

– Je suis vraiment fou de toi, murmura-t-il avant de poser un baiser sur mes joues mouillées. Et sache, une fois pour toutes, que tu m'attires énormément. Bon, maintenant, pour que tu connaisses vraiment tout sur moi toi aussi, je dois t'avouer que j'ai les pieds plats et que j'ai eu la mononucléose à treize ans.

J'envoyai un message texte à Jeff vers une heure du matin. Je n'avais vraiment pas envie de rentrer à la maison, et je ne voulais pas qu'il s'inquiète. À l'extérieur, sur le balcon, il commençait à faire plus frais alors qu'il faisait encore très chaud à l'intérieur. Nous sommes entrés et avons laissé les fenêtres ouvertes. Adam me raconta que son frère et lui avaient fabriqué leur premier ordinateur, quand ils étaient encore très jeunes, avec de vieilles calculatrices et des boîtes de carton.

– Wow ! Est-ce qu'il fonctionnait ?

Adam pencha la tête et afficha un large sourire.

– Oui, mais, étant donné que son mécanisme central était une boîte à chaussure complètement vide, on avait du mal à configurer le logiciel pour l'utiliser.

– OK, d'accord, tu peux bien rire de moi. En tout cas, vous êtes deux génies de l'informatique, n'est-ce pas ? Qui sait ce que vous pourriez inventer à l'aide de boîtes à souliers ?

– En fait, on y avait placé des petites lumières DEL qui allumaient et tout. On aurait pu tromper pas mal de monde avec ça.

– C'est bien que vous soyez encore aussi proches. Quand mon frère est parti de la maison, je craignais souvent de perdre contact avec mon lui. À un moment donné, j'écrivais constamment dans mon journal intime « Aujourd'hui fut probablement la dernière fois où Jeff et moi avons parlé de cette façon au téléphone… » Maintenant, tout cela me semble ridicule parce qu'on est plus proches que jamais.

– Écris-tu encore ton blogue ?

Je devins rouge tomate. Hum… Est-ce que je tiens encore mon blogue ? Regarde-le, c'est presque un roman.

– Oui. Je l'ai mis à jour pratiquement tous les soirs.

– Ah, et… est-ce que… mon nom est mentionné de temps à autre ?

– Non, mentis-je, pince-sans-rire.

Puis je souris.

– À bien y penser, je t'ai peut-être nommé en passant. Tu m'accompagnais lors de mon voyage à New York, n'est-ce pas ?

– Est-ce que je t'ai dit que j'ai commencé à écrire mon propre blogue ?

– Vraiment ? Est-ce que je peux le lire ? Je veux dire, est-il accessible à tous ?

– Non. Je voulais juste essayer pour comprendre l'engouement que tout le monde a pour les blogues. J'ai compris que je ne suis pas très doué pour l'écriture.

– Eh bien, moi non plus, et ce n'est pas nécessaire de l'être. Il faut juste être capable de dire la vérité sur soi-même.

– Tu as du talent pour ces choses-là. Ce n'est pas donné à tout le monde de deviner aussi bien que toi ce que les autres pensent ou ressentent. Tu sembles toujours me comprendre. C'est rare que je me sente aussi bien *compris*.

– Je n'étais pas bonne là-dedans, auparavant. Je ne sais jamais ce que les autres pensent vraiment. Je n'avais aucune idée des sentiments de mon dernier *chum*. Je croyais le connaître, mais en fait, plus il en savait sur moi, moins il m'aimait.

*Oups.* J'avais oublié qu'il est préférable de ne pas parler de son dernier *chum* à son nouveau *chum. Surtout* pas pour raconter qu'il vous aimait moins à mesure qu'il apprenait à vous connaître.

– Est-ce que c'est à cause de lui que tu as peur de parler de toi ?

– Ouais.

– C'est un imbécile.

Adam secoua la tête et s'étira en souriant.

– Je pourrais t'écouter parler de toi pendant des heures. Honnêtement, je pense que je ne me fatiguerais jamais de t'écouter. Es-tu encore… penses-tu encore souvent à lui ?

– Tu veux savoir si je suis encore amoureuse de lui ? Non, c'est bel et bien fini.

On a passé la majeure partie de la nuit à bavarder, allongés côte à côte sur le divan de son frère. À un moment donné, mes yeux devinrent lourds et je pouvais entendre ma voix devenir de plus en plus basse, et celle d'Adam de plus en plus lointaine, jusqu'à ce que ses paroles se mêlent aux dialogues d'un rêve. Je me réveillai vers six heures trente. Il dormait. Je me rendis à la salle de bains sur le bout des pieds et me regardai. Quelle allure : mascara gommé autour des yeux, lèvres sèches et rose vif (très probablement à force de l'avoir embrassé), cheveux en bataille bien dressés sur la tête. Je me voyais comme à travers les yeux d'un étranger, dans ce miroir qui ne m'était pas familier. Mes taches de rousseur étaient plus évidentes que jamais ; on aurait dit que je les remarquais pour la première fois.

J'ai l'impression de changer. De grandir. Je pense que, dernièrement, je m'étais trop inquiétée à propos de l'amour et tout ce qui s'ensuit. Et là, aujourd'hui, je sens que peu importe ce qui arrive, tout se passera très bien. Je suis plus calme, et heureuse. Je ne suis plus anxieuse.

Quand Adam s'est réveillé, il sembla d'abord désorienté. Puis il me vit et sourit. Et lui aussi avait l'air relax.

– Bon matin, me salua-t-il. As-tu dormi ?

– Oui.

Ma voix était rauque. J'avais trop parlé, la veille.

– Est-ce que tu te sens bien ?

– Oui, oui.

– Euh… crois-tu que tu vas dire autre chose que *oui* aujourd'hui ?

Je souris et hochai la tête.

– Oui.

– Tu as une tête d'enfer… Tu es quand même très jolie.

– Non, je ne suis pas jolie. J'ai une tête d'enfer. Je le sais, je me suis vue.

– Hé, chut… ne dis pas ça. Tu es belle. Merci d'être restée. Je ne voulais pas… tu sais, euh… J'étais vraiment content de continuer à te parler.

– Moi aussi. Mais il faudrait que j'y aille, maintenant.

La brume matinale filtrait la lumière givrée du lever du jour, que j'adore, et il flottait dans l'air un parfum sucré de rosée. J'avais mis le chandail en coton ouaté d'Adam par-dessus mon t-shirt et mes jeans. J'avais réussi à dompter un peu mes cheveux en me faisant deux tresses, que j'avais nouées à l'aide d'élastiques de caoutchouc trouvés dans l'appartement du frère d'Adam. En chemin, on croisa quelques joggeurs essoufflés qui bavardaient entre deux respirations. Le restaurant étrange installé dans une ancienne banque était déjà plein, et je pus sentir l'odeur des crêpes en passant devant la porte. Soudain, j'eus très faim et la fatigue s'abattit sur moi, comme si je venais d'enfiler un manteau lourd. Je lançais sans arrêt des coups d'œil à Adam, parce que son visage me rendait heureuse. On se tenait par la main, et je réalisai que la mienne n'était plus moite du tout.

On s'est embrassés devant la porte, et on s'est murmuré des « au revoir ».

– As-tu envie de faire quelque chose un peu plus tard ? demandai-je.

Je pensai immédiatement que je venais d'enfreindre les plus grandes règles des guides amoureux : ne jamais se montrer trop empressée, attendre qu'il propose une nouvelle rencontre et, surtout, le laisser poireauter un peu. Mais je m'en foutais. Cela ne semblait pas correct de jouer ce jeu avec Adam. Ce serait une perte de temps, et notre temps ensemble était précieux.

– Oui, répondit-il. Je vais retourner chez moi roupiller encore quelques heures. Mais appelle-moi n'importe quand.

On se regarda longuement. On ne voulait pas se quitter. « Allez, Livia, tu fais peur à voir, rends-toi service : entre dans la maison ! Appelle-le plus tard, quand tes cheveux seront présentables. » Cette idée eut finalement raison de moi ; je l'embrassai une dernière fois et entrai.

Blogue

**Dans la tête d'Adam**

3 août bis

... Je l'aime.

7 août

Je n'ai pas écrit dans mon blogue depuis quelques jours, mais, écoutez, j'étais occupée. Cela fait un moment que je n'ai pas mis à jour ma liste alors je commencerai par cela.

 ## Ce que je sais sur l'amour

1. Il n'est jamais garanti que ce qui se passe entre deux personnes restera privé.

2. On appelle les étrangers des étrangers parce qu'ils sont étranges !

(Ce sont des vérités incontestables.)

3. Les gens ne vous disent pas toujours la vérité à propos de leurs sentiments à votre égard. Et la vérité, c'est qu'ils ne ressentent peut-être pas la même chose que vous. Et les filles peuvent être aussi pires que les gars à ce sujet-là.

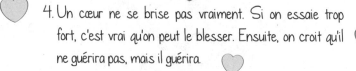

4. Un cœur ne se brise pas vraiment. Si on essaie trop fort, c'est vrai qu'on peut le blesser. Ensuite, on croit qu'il ne guérira pas, mais il guérira.

5. J'en suis là.

Commençons d'abord par les mauvaises nouvelles. Krystina a annoncé à Jeff qu'elle fréquentait maintenant Trey, le musicien avec qui elle avait dansé au party. Jeff présuma qu'il avait sans doute mal interprété se qui se passait réellement entre elle et lui, parce que Krystina *semblait surprise* quand Jeff lui a dit qu'il pensait qu'ils sortaient ensemble, tous les deux. Cela m'a *tellement fâchée*. C'est une chose de quitter mon frère pour un autre gars, mais prétendre que vous ne le quittez pas, supposément parce que vous n'étiez même pas avec lui, c'en est une autre. Elle l'embrassait sur le divan, ici même, dans cet appartement. Oui, c'est vrai que, parfois, embrasser quelqu'un ne veut rien dire du tout. Mais quand la personne que vous embrassez est folle de vous comme mon frère l'était d'elle, et que vous le savez – *et elle le savait !* –, vous devez respecter davantage ses sentiments. Vous ne pouvez quand même pas aller dire : « Quoi ? tu étais sérieux à propos de cela ? Vraiment ? Ah bon ! C'est drôle, moi, j'embrasse tous mes amis ! » ou peu importe ce que Krystina a raconté. Jeff ne voulait pas en parler et se contentait de répondre à mes questions sur ce qui se passait entre eux. Je m'en voulais de le lui avoir demandé.

Depuis cet épisode, il a été plutôt triste. Il ne me reste que six jours à passer à Princeton et je ne veux pas qu'il soit déprimé pendant tout ce temps-là. Je sais que ça semble vraiment égoïste de dire cela ; ça n'a rien à voir avec moi. C'est juste que je me sens complètement impuissante. Et comme je passe plus de temps avec lui que jamais auparavant, j'aimerais bien lui être *utile*. J'ai peur de lui tomber sur les nerfs en étant trop optimiste et de bonne humeur. Je me sens coupable de pavaner devant lui le bonheur que je vis avec Adam.

Hier, j'avais prévu faire un pique-nique avec Adam au bord du lac Carnegie, mais je l'ai appelé pour annuler notre rendez-vous. Je lui ai dit que je voulais passer la journée avec Jeff. Je n'ai pas expliqué pourquoi, mais il a été très compréhensif et super gentil. Jeff et moi sommes allés au cinéma situé dans le centre commercial pour voir une comédie vraiment nulle. Ensuite, nous sommes rentrés et nous avons fait un chili maison, de A à Z. Cela peut sembler complètement fou de cuisiner un tel plat quand le thermomètre affiche environ trente-cinq degrés. Mais Jeff voulait prouver qu'il en faisait un très bon, et selon lui, les gens qui vivent dans les pays chauds mangent des mets très épicés. On a eu beaucoup de plaisir. Jeff me montra comment il faut s'enduire les mains d'huile avant de couper les piments forts pour ne pas qu'ils vous brûlent la peau. On a cuit du pain pour accompagner notre repas ; c'était un drôle de pain, un peu comme des scones, qu'un de ses amis américains lui avait montré à faire. On a monté le volume de la stéréo et on a chanté à tue-tête tout en coupant les légumes et en pétrissant la pâte. Pour la première fois depuis quelques jours, tout semblait redevenu normal, et c'était comme si nous étions encore des enfants, occupés à faire quelque chose ensemble.

Cependant, il est arrivé quelque chose au milieu de tout cela qui était moins normal, ou moins agréable. Jeff m'avait envoyée chercher des grains de cumin pour en saupoudrer le pain. Je suis allée au petit marché en plein air où il y a une épicerie fine qui vend ce genre de produits. Et là-bas, j'ai vu Krystina. Elle était seule. J'eus le souffle coupé, comme si j'avais vu un fantôme, puis je paniquai et me demandant ce que j'allais lui dire. La dernière fois que nous nous étions parlé, je dansais avec elle à un party et elle était ma formidable nouvelle amie. Devais-je maintenant agir comme si de rien n'était? Devais-je être cool avec elle, ou lui montrer que je désapprouvais ce qu'elle avait fait à mon frère? Était-il mieux de la confronter ou de lui dire que je lui pardonnais? En réalité, je ne lui avais pas encore pardonné.

Je n'eus pas à faire un choix. Krystina m'aperçut – nos yeux se sont bel et bien croisés, aucun doute là-dessus – puis elle partit dans l'autre direction et disparut dans la boutique de location de films. Je ne l'ai pas suivie, bien entendu. Je présumais qu'elle était peut-être aussi nerveuse ou embarrassée que moi. Je restai plantée là, comme paralysée et étourdie, le cœur battant la chamade comme si j'avais eu la peur de ma vie. J'étais tellement bouleversée que j'en oubliai les grains de cumin. Quand je suis rentrée à la maison, j'ai menti à Jeff et juré que je n'en avais pas trouvé. Je ne lui ai pas dit que j'avais croisé Krystina.

En préparant notre chili, on a branché la webcam pour parler à maman. Il était tard de son côté de l'Atlantique et elle était en pyjama.

– Alors, es-tu prête à revenir à la maison ? Ou bien es-tu tombée amoureuse de l'Amérique, toi aussi ?

Pas de l'Amérique, pensai-je. Mais plutôt de… Oh, et puis, j'ai décidé d'attendre avant de lui en parler. J'ai déjà mentionné son nom, évidemment, mais je vais tout *lui* raconter et *tout* lui dire à propos d'Adam à mon retour. Si je lui en parle maintenant, ça ne fera que lui donner une raison de plus de s'inquiéter pour moi.

– Tu me manques, lui dis-je.

– Ah ! Donc je suppose que cela veut dire que tu prendras l'avion pour rentrer comme prévu la semaine prochaine ?

Mon Dieu ! Il ne restait plus qu'une toute petite semaine avant mon départ.

– C'est dommage, j'avais déjà trouvé quelqu'un à qui sous-louer ta chambre. Je vais devoir aviser le locataire.

Jeff éclata de rire. Il ne prend jamais les blagues trop au sérieux, et il adore celles de ma mère, même les mauvaises.

– Pourrais-tu t'assurer d'avoir plein de chocolat Cadbury dans le garde-manger ? Je m'en ennuie vraiment. Ici, ce qu'ils appellent du chocolat, de Hershey, est dégueu…

– As-tu attrapé un rhume ? demanda soudain maman.

Ma voix était rauque de nouveau. Elle l'était de façon intermittente depuis le soir du party aux résidences Butler, quand j'avais dû crier pour enterrer la musique.

– Non, c'est juste un mal de gorge.

– Quel genre de mal de gorge ?

– Non, ce n'est pas vraiment un *mal de gorge*. J'ai juste la voix enrouée.

– Prends-tu tes médicaments ?

– Oui, bien sûr.

Juste au moment où je crois être en train d'avoir une conversation normale avec maman, elle se rappelle toujours de redevenir la maman classique, celle qui me traite comme une enfant de cinq ans, ou une imbécile, ou les deux.

– Jeff, dis-moi, est-ce qu'elle va bien ? s'énerva maman.

– On a goûté au chili, dit-il. Il est vraiment très épicé. Cela lui a peut-être râpé la gorge.

– Je m'inquiète, Livia, c'est tout.

– Je sais.

– Et tu me manques beaucoup.

– Tu me manques aussi, maman. J'ai vraiment hâte de te voir, ajoutai-je en retenant mes larmes.

– Hé ! Et moi ? lança Jeff d'un bout à l'autre de la pièce.

– Tu me manques aussi, le rassura maman. J'aimerais vraiment que vous rentriez tous les deux à la maison.

– On sera là bientôt. Moi la première.

Blogue

Dans la tête d'Adam

8 août

C'est bizarre. Vous pensez avoir votre vie bien en main, puis elle vire à l'envers et toutes vos priorités changent. Il y a quelques semaines, j'appréhendais mon retour en Angleterre parce que je dois organiser le projet Java pour le présenter au cours, ce qui veut dire que je dois travailler comme un fou. Mais maintenant, même si je sais que j'aurai tout ce travail à abattre, mon retour signifie aussi que je vais retrouver Livia. J'ai hâte de l'emmener dans mes endroits préférés, et de la présenter à mes amis en tant que *ma blonde*.

Il lui reste encore quelques jours à passer à Princeton. Ensuite, comme je ne retourne en Angleterre que le 25, je serai sans elle durant deux semaines. Je vais m'ennuyer. C'est aussi simple que cela. Non, en fait, ce n'est pas si simple que cela. Je vais *vraiment* m'ennuyer d'elle. Vous savez, on a maintenant une routine de petit-déjeuner. On se donne rendez-vous tous les matins à neuf heures pour prendre un café, mais on arrive toujours dix minutes plus tôt, tous les deux. Je n'ai jamais connu une fille qui se pointait avant l'heure prévue. D'ailleurs, j'ai toujours cru qu'on enseignait aux filles *l'art* d'arriver en retard à l'école, durant les cours d'éducation physique, pendant que les classes sont divisées : les garçons d'un côté et les filles de l'autre.

Livia aurait autant raison que les autres filles d'être en retard, et même plus. Elle est tellement drôle, et belle, que je pourrais l'attendre patiemment pendant des heures. C'est donc d'autant plus adorablement... *geek* de sa part de n'être jamais en retard. Je suis très conscient du fait que, selon n'importe quel système de classification officiel, je suis un *geek* et elle, c'est un pétard. Cependant, pour un *geek*, je suis plutôt cool. D'ailleurs, je suis un *geek* « techniquement » seulement ; c'est juste parce que je suis calé en technologie. Et elle, pour un pétard, elle est plutôt *nerd* ; elle a une légère obsession pour *Star Trek* et elle connaît toutes les séries de science-fiction qui ont été produites en Grande-Bretagne au cours du dernier siècle, ce qui est un peu troublant.

J'adore ça.

Aussi, c'est un pétard seulement « techniquement ». Le terme lui vaut juste à cause de son visage magnifique et de son corps de rêve, et de ses cheveux qui font penser à un coucher de soleil au-dessus d'un champ de blé après la plus longue journée de l'été. De plus, elle est rieuse, maladroite et timide aux moments où on s'y attend le moins.

Et elle arrive toujours avant l'heure prévue.

Pour cette raison, je m'efforce de toujours arriver encore plus tôt, pour l'attendre devant le café et la voir marcher vers moi. Je crois qu'il n'y a rien au monde que j'aime plus que de voir Livia Stowe marcher vers moi. J'adore aussi cet air qu'elle a toujours, comme si elle tentait de retenir un sourire, qui finit par fleurir sur ses lèvres.

La première fois que je suis allé à New York avec Livia, j'essayais (trop fort) de montrer que je connais tout ce qui est *tendance*. Je l'ai donc emmenée dans les quartiers les plus branchés et les endroits que seuls les vrais New-Yorkais connaissent. On y retourne mercredi prochain, et je crois qu'on devrait faire les choses différemment, cette fois-ci. Mon nouveau plan, c'est de ne rien planifier et de faire comme les touristes. Je veux découvrir les endroits que Livia rêve de voir quand elle pense à New York, et faire le tour de tous les lieux mythiques, même s'ils sont clichés. Je n'y étais allé qu'une seule fois auparavant, et c'était avec mon frère. Comme il n'a aucune patience pour ce genre de chose, je n'ai pas réellement visité les attractions principales, vous savez, comme l'Empire State Building, le MoMa, Grand Central Station et tout ça. Alors, pour des raisons très égoïstes, j'aimerais beaucoup voir tous ces endroits pour la première fois avec Livia, et ne pas gaspiller ma prochaine visite avec elle à l'étourdir avec des il-faut-faire-ceci-on-doit-voir-cela-OK-on-a-acheté-un-bretzel-on-s'en-va.

Cependant, étant comme je suis, je ne peux pas être totalement spontané. Je passe donc l'avant-midi à planifier le circuit le plus efficace pour visiter n'importe quelle combinaison de lieux que Livia pourrait souhaiter voir. Je note au passage des adresses où on pourrait s'arrêter manger ou prendre un café. Ensuite, j'imprimerai le tout pour l'emporter avec nous.

Je vais peut-être faire croire à Livia que je trouve tous ces endroits par hasard, sur notre chemin. Comme je le disais plus tôt, je suis un *geek* plutôt cool. Je dois soigner mon image.

9 août

Pour être franche, je ne me sens pas bien aujourd'hui.
Je n'arrive pas à me débarrasser de ce mal de gorge. Jeff
pense que je devrais aller voir un médecin. Je ne crois pas
que ce soit nécessaire. Pas tout de suite. Mais j'irai bientôt si je ne vois pas d'amélioration, juste pour être sûre
que ce n'est rien. Rationnellement, je sais que tout va bien.
Mais je suis habituée de me faire examiner, à la maison.
Et là, étant donné que je suis loin de ma mère et qu'on
est tous un peu plus nerveux, on fait plus attention. J'ai
besoin qu'on me confirme que tout va bien, sinon je vais
commencer à m'imaginer des symptômes et à me sentir
encore plus mal. Sachant que je retourne très bientôt chez
moi, je pense que la meilleure chose à faire est de patienter
jusque-là. En Angleterre, je pourrai consulter des gens qui
connaissent mon dossier. Ici, je devrai passer trois heures
à remplir des formulaires d'assurance et mes antécédents
médicaux et attendre dans une salle d'attente, tout ça pour
un mal de gorge.

Ce soir, nous sommes sortis avec un groupe. Il y avait
quelques étudiants américains avec qui Jeff suit des cours

d'histoire, puis il y avait Jeff, Adam et moi. Carl, l'un des autres garçons, flirtait avec moi et je me demandais si j'avais l'air d'être avec Adam, quand je suis entrée. Quand vous êtes à l'école, tout le monde sait avec qui tout le monde sort. Carl essayait de m'impressionner en discutant avec moi, mais c'est difficile de savoir à quel moment glisser : « Désolée, je suis déjà avec quelqu'un. » Si vous le dites trop tôt, vous risquez de vous être trompée : peut-être qu'il n'essayait pas du tout de vous baratiner. Vous aurez alors fait une folle de vous en étant assez prétentieuse pour l'envoyer promener. Si vous le dites trop tard, alors vous vous sentez mal de lui avoir fait perdre du temps. Certains gars deviennent vraiment gênés et fâchés dès qu'ils sentent qu'on les rejette et explosent si vous leur dites que vous n'êtes pas intéressée, peu importe le moment choisi.

Je me torturais pour savoir de quelle manière aborder Carl et je me demandais si le fait de rire à ses blagues me donnait l'air de flirter avec lui. Mon regard croisa celui d'Adam. Il souleva un sourcil, de façon *quasi* imperceptible, et me sourit. C'était comme s'il me disait : « Ne t'en fais pas. Tu ne tomberas pas. Je te tiens. » Des frissons me parcoururent la peau, comme si le bonheur pétillait en moi, telle la mousse qui se forme sur une limonade fraîchement servie. Je baissai le menton et lui envoyai aussi un sourire ; un sourire juste entre nous. Puis je poursuivis la conversation avec Carl.

Jeff regardait souvent en direction de la porte. Je crois qu'il avait peur que Krystina entre avec Trey, le musicien, ou même sans lui. Il serait alors obligé d'aller la voir, de lui parler, ou peu importe ; il serait forcé de réagir. Jeff se porte plutôt bien depuis leur rupture. À vrai dire, il est encore un peu silencieux et il n'est pas encore prêt à parler de Krystina, mais il a recommencé à rire et à faire des blagues. Il était vraiment fou d'elle, bien avant qu'ils s'embrassent. Et *après* cela, leur relation n'a pas duré très longtemps. Je pense donc qu'il valait mieux que cela se termine maintenant, avant qu'il soit trop amoureux.

Saira m'a toujours dit : « Plus tu sors longtemps avec quelqu'un, plus il te faudra de temps pour t'en remettre après la rupture. » Ce que Saira dit réellement, c'est de compter exactement la moitié du temps que vous avez passé avec un gars pour vous en remettre. Quand j'analysais dans les moindres détails chacun des moments que j'avais passés avec Luke, j'utilisais cette équation pour savoir à quel moment je cesserais de penser à lui. Sachez que ça ne fonctionne pas du tout ; le calcul est erroné. Cependant, c'est logique de croire que plus avez passé de temps avec quelqu'un, plus il vous faudra de temps pour vous sentir vous-même de nouveau à la fin de la relation.

Par ailleurs, et ceci est nouveau pour moi et n'est peut-être pas vrai, je crois qu'on *commence* à tomber réellement amoureux de quelqu'un quand on sait que cette personne nous aime aussi. C'est à ce moment-là qu'on commence à avoir confiance en l'autre. On peut alors relaxer et arrêter de penser à soi-même, parce qu'on n'a plus à s'inquiéter de dire ou de faire les mauvaises choses, ou de le perdre. Quand vous cessez de penser constamment à vous-même, cela vous laisse tout à coup plus de temps pour voir la chance incroyable que vous avez d'avoir rencontré cette personne, et pour l'apprécier. Un amour à sens unique, c'est comme acheter une robe trop petite, en vous promettant de perdre le poids nécessaire pour qu'elle vous fasse éventuellement comme un gant. Vous ne pensez pas à la robe ou au fait qu'elle soit trop petite ; vous comprenez uniquement que votre corps est trop gros pour y entrer. Un amour à sens unique peut vous donner des papillons, vous mettre les sens en éveil et vous donner le vertige durant quelques jours où vous analysez chaque mot de chaque phrase que la personne a prononcés… Mais vous pleurez aussi beaucoup. Être amoureux, pour de vrai, est totalement différent ; on se sent bien, c'est réconfortant, et c'est tout sauf ennuyant. C'est profond ; vous plongez dans une cascade.

Je pense que mon frère n'a pas plongé trop loin, cette fois-ci. Voilà pourquoi je pense qu'il s'en remettra bien.

Je retourne à New York avec Adam demain. Nous avons offert à Jeff de nous accompagner. Ce n'était pas juste parce que nous voulions être gentils avec lui ; me retrouver à New York avec mon frère et Adam aurait fait mon plus grand bonheur. J'ai tout essayé pour le convaincre, mais Jeff dit qu'il doit profiter le plus de la bibliothèque avant de repartir, parce qu'elle est nettement mieux garnie que celle de Manchester en matière d'histoire américaine. J'espère que c'est vrai. J'espère qu'il n'est pas en train de s'effacer pour cacher sa tristesse ou, pire, pour ne pas se sentir de trop ou quelque chose comme ça. Heureusement, après New York, il me restera encore du temps à Princeton avant de retourner en Angleterre. Jeff m'a promis de laisser tous ses livres de côté et de prendre le temps de relaxer. Je vais m'assurer qu'il le fasse.

Grosso modo, notre plan pour demain est de jouer aux touristes. Adam m'a demandé de dresser une liste de choses qui me viennent en tête quand je pense à New York, et il y en a tellement que je n'arrive pas à choisir. Central Park, définitivement. Les magasins : Macy's, Barneys, Saks ou Bloomingdale's ? Broadway… à voir le soir, peut-être ? J'adore qu'il fasse si chaud en ce moment parce qu'on n'a jamais froid, en soirée, et que le soleil se couche très tard. On voit d'abord apparaître quelques lueurs rose pâle, comme des pétales frais qui tapissent le ciel, et ensuite l'horizon se scinde, mi-clair mi-sombre. Oh, la Grand Central Station ; dans les films, elle semble être si belle et si romantique. Retourner à Manhattan me donne tellement de papillons dans le ventre, pour les bonnes raisons, que je n'en dormirai peut-être pas de la nuit. Il est presque minuit et je ne me sens pas fatiguée du tout. On partira très tôt demain matin. Sur ma table de chevet, il y a une petite note où Adam a écrit : « Mets de bonnes chaussures ! » Et au verso, il a ajouté : « Et une jupe courte. »

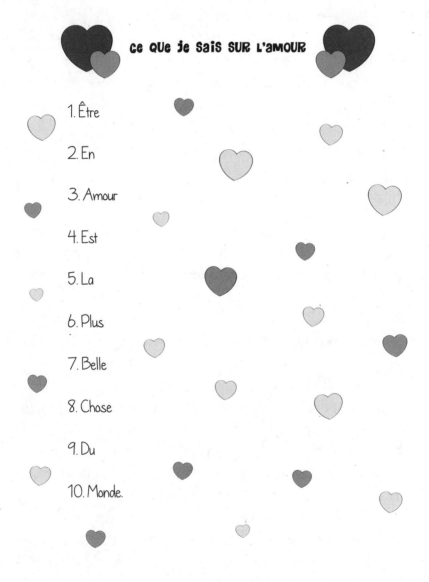

ce QUe je saiS SUR L'aMOUR

1. Être

2. En

3. Amour

4. Est

5. La

6. Plus

7. Belle

8. Chose

9. Du

10. Monde.

10 août

Six heures dix-neuf. J'ai encore mal à la gorge. Cela m'inquiète. Je suis un peu dans les vapes. Je me sens comme cela depuis que je suis arrivée ici. Au début, je pensais que c'était à cause du décalage horaire. Ensuite, j'ai cru que c'était dû à un coup de chaleur. Et là, je pense que c'est sans doute en raison des dernières nuits à me coucher tard. Devrais-je en parler à Jeff ? Si je le lui dis, le projet d'aller à New York est fichu. Jeff insistera pour que je reste à Princeton, que je me repose et qu'on appelle un médecin. Je retourne à la maison dans moins de deux jours. Je n'ai pas le temps de me reposer. Mais je crois que je le dirai à Adam si je ne me sens pas bien. Je lui en glisserai un mot quand on sera dans le train.

J'ai ma liste. La gare Grand Central y est, parce que, la dernière fois, j'ai cru que le train de Princeton nous y mènerait directement. J'avais été un tout petit peu déçue en voyant qu'il nous emmenait à une gare moderne, située dans un genre de centre commercial très ordinaire, qui s'appelle Penn Station. Je veux voir la gare qui apparaît dans tous les films. Ensuite, j'ai mis Central Park, Bloomingdale's, le musée des sciences naturelles et le planétarium, l'Empire State Building et l'heure du thé à l'hôtel Algonquin.

Je me sens juste un peu… ouf. Par exemple, quand je ferme les yeux plus d'une seconde et que je les ouvre à nouveau, mon cerveau commence à tourner comme s'il tombait au fond de mon corps ; il faut vite que je m'efforce de le ramener à sa place pour qu'il se remette en marche. La seule raison pour laquelle je m'inquiète un peu, c'est parce que la dernière fois où j'ai eu un mal de gorge aussi persistant, eh bien, vous savez ce qui est arrivé.

Regardez ma liste ! Cela pourrait prendre un an, ou des années avant que j'aie la chance de revoir ces choses. Peu importe ce qui se passe avec moi ; c'est peut-être juste le fruit de mon imagination. Une chose est sûre : ça peut attendre. Parce que moi, je n'attends pas.

11 août

Maman est en route. Elle sera ici tôt ce matin.

Elle ne voudra pas le montrer, mais je sais qu'elle
se blâmera de m'avoir laissée venir ici, me blâmera
de n'avoir pas été attentive aux signes ou de n'en avoir
parlé à personne. La dernière chose que je voulais, c'était
de blesser ma mère de nouveau, alors que j'aurais pu
prévenir. Elle a déjà vécu tellement d'épreuves à cause de
moi. Je me sens mieux, aujourd'hui, mais on m'a dit que
mon état s'était empiré. Il paraît que je me sens mieux
seulement parce qu'ils ont réussi à calmer ma fièvre. Je
n'écris pas de mon ordinateur, et Jeff n'a pas apporté le
sien. Il y a une salle d'ordinateurs à l'hôpital et on m'a
permis de l'utiliser pendant dix minutes, pour lire mes
courriels. Je leur ai dit que j'avais vraiment besoin de
prendre mes messages.

Marigold, la belle infirmière japonaise qui semble
droit sortie d'un film, m'a conduite ici en poussant mon

fauteuil roulant. Elle attend là, adossée au mur, et me fait signe que j'ai cinq minutes et qu'il ne faut pas que je me fatigue. J'ai droit à dix minutes, Marigold, *dix*. De toute façon, qu'est-ce que je vais faire toute la nuit ? Ils ont renvoyé Jeff et Adam il y a environ trente minutes, mais ceux-ci ont décidé de ne pas rentrer à Princeton et de dormir dans un hôtel près d'ici.

Je n'ai pas le temps d'écrire, et je ne sais pas dans quel ordre raconter ce qui s'est passé. Je ne peux pas y croire. J'ai peur et je suis en COLÈRE parce que CE N'ÉTAIT PAS LE BON MOMENT POUR QUE ÇA ARRIVE ! Il faut que j'arrête de montrer à quel point je suis fâchée, parce que Marigold m'observe. Je pioche sur les touches du clavier et je soupire très fort. Je dois me calmer.

Donc, calmement, je vous explique : mes globules blancs ont augmenté en flèche. Je l'ai su dès que j'ai vu l'expression sur leur visage. J'ai déjà vu ce regard. Les tests l'ont confirmé.

Nous étions dans le train, en direction de New York. J'avais posé ma tête sur l'épaule d'Adam.

– Est-ce que ça va ?

– C'est juste parce que je me suis levée si tôt.

Je grelotais. Il a pris ma main, et comme je savais qu'elle était froide et moite, j'ai fait semblant de vouloir replacer mes cheveux.

– Alors, on va prendre ça mollo, aujourd'hui. De toute façon, il fait trop chaud pour faire tout ce qu'on voulait faire.

Je me suis sentie triste et me suis promis de ne rien laisser paraître d'autre.

Quand nous sommes descendus du train, j'avais retrouvé mon énergie. Toutefois, j'essayais de ne pas trop parler parce que j'avais la gorge sèche. Nous nous sommes immédiatement dirigés vers la gare Grand Central Station. C'est si beau. J'étais sans mots. C'est comme un palais. Les plafonds sont peints d'un bleu nuit, avec des étoiles dorées. Entrer dans la gare après une marche dans New York par un matin clair et humide, c'est comme entrer dans le passé.

Marigold m'indique qu'il est temps que je retourne au lit. Je dois me dépêcher.

Si Adam ne m'avait pas laissée seule, peut-être que j'aurais pu continuer à faire semblant de me sentir bien. Nous nous sommes séparés durant un quart d'heure, parce qu'il avait besoin d'acheter de la mémoire pour l'ordinateur de son frère. Il est donc parti vers la boutique Apple en disant qu'il ne voulait pas m'emmener là-bas pour rien, qu'il n'en aurait que pour quelques minutes. J'ai pensé que c'était une excellente idée. On avait arpenté toute la Cinquième avenue et j'avais besoin de me reposer. Il n'y avait pas vraiment de raison que je sois fatiguée puisqu'on avait marché du côté ombragé de la rue. Je lui donnai comme excuse que je n'avais pas mis mes souliers les plus confortables, car ils ne s'agençaient pas très bien avec ma jupe courte.

Adam trouva un café absolument fabuleux, bien décoré, avec de jolies chaises en bois cintré, et du gâteau au chocolat avec du glaçage rose framboise. Il m'installa avec un thé glacé et des biscuits à la pistache, et me dit qu'il reviendrait rapidement. En effet, il revint rapidement. Cependant, j'avais eu suffisamment de temps pour réfléchir et réaliser à quel point je ne me sentais pas bien. Mais je n'ai pas voulu alarmer Adam, alors je n'ai rien dit. Je suis tellement idiote.

Notre prochain arrêt fut chez FAO Schwartz. C'est le magasin de jouets le plus *hot* du monde ! D'ailleurs, on le voit dans un film, qui s'intitulait *Big*, où le personnage principal danse sur un piano géant et joue la pièce musicale *Chopsticks* tout en sautant sur les touches. Nous avions juste l'intention de passer rapidement dans le magasin en nous dirigeant vers Central Park. On prévoyait ensuite s'installer à l'ombre, et admirer les New-Yorkais pendant quelques heures, manger de la crème glacée, lire nos livres et faire semblant qu'on vit ici. Je savais que je pouvais faire cela. On déambulait dans le magasin ; c'était tellement beau, je voulais toucher à tout. Puis, alors que je regardais un étalage d'animaux de la jungle en peluche, des tigres géants et des lions velus, j'eus tout à coup l'impression que le mur bougeait et allait s'écrouler sur moi. Je ne pouvais plus me relever. Ensuite, je me suis évanouie. Lorsque j'ai repris conscience, j'étais étendue par terre et, au lieu des tigres et des lions en peluche, il y avait maintenant beaucoup de visages inconnus qui me regardaient. Ces gens parlaient fort, j'étais complètement désorientée et je tremblais tellement que je croyais être congelée. Je dis à Adam que je ferais mieux d'aller à l'hôpital.

Son visage.

Je me sentis aussi coupable qu'une fraudeuse. Je sentais que je l'avais trompé en ne lui disant pas la vérité sur mon mauvais état. Adam semblait terrifié ; il était blême et salivait beaucoup. Il a dit qu'il allait appeler Jeff. Je le priai, « Non ! Ne fais pas ça ! », d'une voix faible, mais j'étais vraiment contente que Jeff vienne. Puis

Adam me souleva et je mis mes bras autour de son cou. J'avais peur. Dans la vie, on se fait rarement porter ; c'est troublant d'avancer si vite sans qu'aucun des membres de votre corps ne fasse le moindre effort. J'agrippai ses épaules, et il me porta jusqu'à l'extérieur du magasin. Un taxi nous attendait, sans que je sache qui l'avait appelé, peut-être les employés du magasin, et on partit vers l'hôpital. Pendant que nous attendions, il tint ma main très fort, de même que lorsque j'essayais d'expliquer mes antécédents médicaux à l'infirmière de l'urgence, et aussi quand je fus placée dans un fauteuil roulant. Adam ne me lâcha pas. Et quand je fus obligée d'aller seule dans une salle pour passer des tests, il se pencha et mis ses bras autour de moi et murmura : « Je t'aime. » Je lui dis : « Je vais bien. Ne t'en fais pas. Je m'excuse pour cela. Je suis désolée. Tellement désolée. » Et il murmura de nouveau : « Je t'aime. Chuttt... »

S'il te plaît, Marigold, encore quelques minutes. Je sais que je peux revenir plus tard, mais je veux écrire ceci pendant que c'est encore frais dans ma mémoire. Je ne veux pas oublier. Je crois tout ce qu'Adam me raconte, tout ce que ses yeux me disent, de même que ses lèvres. Mais même le meilleur gars du monde, le plus fort, le plus vrai, partirait en courant en me voyant dans cet état. Et je le lui pardonnerais. Alors, ce que je ressens en ce moment, je veux l'écrire pendant que c'est si pur, et si réel. Avant que la vie vienne me chercher avec ses grands sabots et m'écrabouille le cœur.

Je l'aime.

Cet amour ne ressemble en rien aux autres que j'ai connus, aux garçons qui m'ont fait pleurer et remplir des pages innombrables de journaux intimes. Nous ne jouons pas de jeux, tous les deux, en cachant nos sentiments, en prétendant être détachés, ou très amoureux. Nous aimons simplement passer du temps ensemble. Chaque minute qui nous est donnée est précieuse. Et les journées passées à se parler, à rire, et à parler encore en se serrant très fort filent trop vite. On sait qu'on s'aime et que c'est réciproque. Parfois, lorsque je suis dans ses bras, les émotions sont trop intenses pour moi et j'ai envie de pleurer. Ça me fait peur d'être aussi *heureuse*, et l'avenir est *immense* devant nous, et je ne peux pas croire que je vais peut-être le passer avec Adam. Je suis tellement fâchée contre moi-même d'être malade de nouveau. Je n'ai pas de temps pour cela.

**12 août**

La mère de Livia me blâme. Jeff nous a présentés l'un à l'autre, et on pouvait voir dans ses yeux ce qui lui passait par la tête : « Ah, oui, c'est toi. C'est toi qui l'as emmenée en plein cœur de New York et l'as laissée tomber malade sans t'en rendre compte. Enchantée de te rencontrer. » Depuis son arrivée, elle a passé chaque seconde avec Livia. Celle-ci pleurait et demandait à voir sa mère bien avant qu'elle arrive. J'étais tellement content quand elle fut finalement là, parce que tout ce que je voulais, c'était de voir ma chérie heureuse, qu'elle se sente mieux et qu'elle aille mieux. Mais aussitôt qu'elle a retrouvé un peu d'énergie, j'ai dû me tenir loin derrière. Je finis par attendre dans un couloir pendant des heures, à fixer mes mains. J'eus tout à coup conscience que j'avais mon t-shirt sur le dos depuis un très long moment et que j'avais eu chaud durant la journée. Un millier de personnes passèrent devant moi, et la plupart d'entre eux me dévisagèrent et semblèrent se demander pourquoi j'étais là.

Blogue

Dans la tête d'Adam

**14 août**

Le lendemain, l'infirmière me dit que Livia pouvait s'asseoir et se sentait mieux. Jeff sortit de la chambre et me demanda si je voulais la voir. La question me parut absurde, puisque j'attendais ici depuis six heures du matin. J'avais les chaussures rouges avec moi, les petites chaussures de Dorothy que j'avais achetées juste avant qu'elle s'évanouisse. J'allais lui dire que lorsqu'elle irait suffisamment bien, elle pourrait les enfiler et claquer ses talons ensemble pour rentrer à la maison. Puis je la vis, et je compris que son état ne s'était pas amélioré. Elle était branchée à un soluté ; ce qu'il y avait là-dedans lui parvenait, une goutte à la fois, par le dessus de sa main. Jeff et la mère de Livia nous laissèrent seuls.

– Je suis vraiment désolée de tout cela, fit Livia. D'habitude, j'attends de vraiment bien connaître un gars avant de commencer à presque mourir devant lui.

J'essayai de rire.

– Je t'aime, lui dis-je.

– Je t'aime aussi.

Nous sommes restés assis en silence durant quelques secondes. J'avais envie de pleurer.

– Alors, quand sors-tu d'ici ?

J'essayais d'avoir l'air optimiste.

– Je ne sais pas.

Livia fut prise d'une quinte de toux atroce.

– Excuse-moi. Les antibiotiques sont censés régler cela.

Elle secoua la main, et tout le soluté branla.

– Ouille, fit-elle.

– Ça fait mal ?

– Non, c'est juste le truc, dans ma main. C'est un peu sensible.

– J'aurais dû remarquer que tu étais malade. Je n'aurais jamais dû t'emmener si loin.

– Adam, ce n'est pas ta faute.

– Oui, c'est ma faute.

Les yeux de Livia se remplirent de larmes, et je changeai de sujet. Je ne me rappelle plus trop de quoi on a ensuite discuté. Je me souviens vaguement qu'on a parlé de Princeton et de Manchester, de Jeff, de musique, et d'une émission pour enfants qui passait à la télé et qu'on avait tous les deux regardée autrefois, et ça nous *ressemblait*. Au-delà de ces conversations, nous voulions désespérément nous serrer très fort, mais nous ne le pouvions pas.

– Qu'y a-t-il dans le sac ?

– Oh, ce n'est rien.

J'avais maintenant honte de mon achat, parce que ça me rappelait que je l'avais laissée seule à New York. Livia fit un signe de la tête et dit *OK*. Alors, je sortis les chaussures du sac, parce que je n'avais rien d'autre à lui offrir. Pendant que j'ouvrais la boîte, je marmonnai des mots qui ne voulaient rien dire. Livia se mit à pleurer pour de bon, ce qui n'était pas tout à fait la réaction anticipée. J'avais terriblement peur que sa mère rentre, qu'elle me dispute d'avoir troublé sa fille et me mette à la porte en me lançant les chaussures à la tête, une à une. Livia sortit ses pieds hors du lit. Elle portait un pyjama à petits carreaux bleus, et elle plia ses jambes pour les relever. Vous savez, ses jambes sont extrêmement sexy. C'était tout à fait inapproprié, mais je me disais : « Wow, tu as vraiment des jambes incroyables, Livia », même si je les avais déjà vues. Elle mit les chaussures, et s'essuya les yeux avec la manche de son pyjama.

– Elles sont vraiment belles.

Sa voix se brisa, puis elle se mit à pleurer de nouveau, et à tousser, puis je l'aidai à s'allonger. Elle avait la peau froide et la chair de poule, et elle était si légère.

– Lorsque tu sortiras d'ici, je t'emmènerai faire une très longue marche avec ces chaussures, lui promis-je en posant des bisous sur ses joues mouillées.

– Tu me dis toujours de porter de bonnes chaussures.

– Tant pis ! J'aime que tu sois belle.

– Eh bien, tu ne dois pas m'aimer beaucoup en ce moment, souffla-t-elle.

– Tu es belle et sexy, même en ce moment, et je t'aime même en ce moment. Je t'aime, Livia.

Je serrai ses mains dans les miennes, en prenant soin de ne pas blesser celle qui était branchée au soluté.

– Tu sais que je t'aime vraiment, n'est-ce pas ?

Elle fit oui de la tête.

– J'aimerais pouvoir t'emmener avec moi et te sortir d'ici.

Ma voix se brisa. Je laissai ma tête tomber sur le drap, près de sa jambe.

– Ne pars pas tout de suite, supplia Livia.

Elle me caressa les cheveux. J'aurais voulu la serrer contre moi.

– Je suis là, je ne pars pas.

Cela semblera vraiment... Mais une toute petite partie de moi était contente ; j'étais content d'être assis là, avec elle. Je me disais que, maintenant, on a tout fait ensemble ; on a vécu les choses difficiles et les choses agréables. On est une équipe, solide. On est ensemble.

Livia est morte durant son sommeil, cette nuit-là.

Lorsque je suis arrivé à l'hôpital, le lendemain matin à sept heures, on m'a expliqué qu'elle avait développé une pneumonie, que les antibiotiques n'avaient pu maîtriser. J'ai demandé ce que cela signifiait. J'ai mis une éternité à comprendre ce qu'on me disait. Qu'elle était morte. Je répétais : « Alors, qu'est-ce qui arrive, maintenant ? » jusqu'à ce que l'infirmière me dise : « Je suis désolée, elle est décédée, monsieur. » J'essayai d'avaler, et ma gorge semblait se refermer, comme si elle était pleine de cheveux, et je commençai à m'étouffer. J'étais *furieux* que Jeff ne m'ait pas appelé plus tôt, mais je savais que c'était bête et égoïste de ma part. Jeff traversait toute une épreuve, lui aussi. Livia aurait voulu que sa famille soit près d'elle. Mais je l'aimais, moi aussi.

Je pensais qu'ils ne se souciaient pas de mes sentiments et ne s'en rendaient pas compte. En fait, je pensais qu'ils m'avaient oublié, et j'étais fâché contre eux. Je me répétais des choses que je ne leur dirais jamais, et combien je l'aimais. La mère de Livia apparut au coin de la salle et s'approcha de moi. J'étais incapable de lire l'expression sur son visage. Je pensais qu'elle allait me secouer, me frapper ou me crier des injures. À ce moment précis, je sentis que c'est ce que j'aurais voulu : qu'on me blâme et qu'on me repousse, et concentrer sur moi toute la culpabilité et la colère que je ressentais.

Au lieu de cela, la mère de Livia me prit dans ses bras et me serra. Pour une dame, elle serrait très fort ; j'eus presque du mal à respirer.

– Je suis tellement désolé. J'aurais fait n'importe quoi pour ne pas la blesser, pour qu'elle soit heureuse.

Je me sentis très jeune, comme si elle était ma propre mère et que j'avais besoin qu'elle me réconforte. Je fermai les yeux et m'accrochai à elle comme si ma vie en dépendait.

15 août

Laissez-moi vous dire une chose. Je ne crois pas au coup de foudre. Je ne crois pas à l'âme sœur, ou qu'une seule personne sur la terre soit la bonne personne pour vous, et toute cette merde. Je ne crois à rien de tout cela. Si tout cela est vrai, et que je suis tombé amoureux de Livia dès la première fois que je l'ai vue, à Manchester, avec son visage tout gommé de maquillage, et que la Terre s'est arrêtée de tourner quand j'ai regardé dans ses yeux, et que je n'ai pu cesser de penser à elle, et que je l'ai recroisée, et que le soleil est sorti de derrière un nuage en m'affirmant : C'est la bonne, ÇA Y EST... *Si tout cela est vrai*, alors POURQUOI ?

Bien sûr, je crois à tout cela, parce que tout cela m'est arrivé. Et je sais avec certitude que Livia Stowe n'était pas venue au monde juste pour s'assurer que je passe au moins un été parfait. Comme tous les gens qui ont été amoureux, on a juste eu de la chance, mais notre chance s'est épuisée.

# Épilogue

Blogue

Dans la tête d'Adam

30 août

Quand ils apprennent que vous n'avez pas eu la chance de connaître l'amour de votre vie très longtemps, les gens réévaluent leur sympathie. Mais ça me va ; je ne veux pas parler de Livia aux autres.

Je suis de retour en Angleterre. Je me demande constamment comment Livia trouverait ceci, ou ce qu'elle dirait à propos de cela. Y compris en ce qui a trait à ses funérailles. Ce jour-là, j'avais une image tellement claire d'elle, c'était presque comme si elle était assise à côté de moi, murmurant à mon oreille : « Je déteste voir ma mère pleurer. Pourquoi ne leur as-tu pas dit de jouer la chanson des Beatles ? Tu sais que je l'adore. Ne pleure pas, tu vas me faire pleurer. »

Je travaille encore sur un code avec Dougie, sauf que maintenant, on utilise des webcams, et il ne m'engueule pas trop quand je fais des erreurs, parce qu'il est sensible à ce que je vis. J'ai mon propre projet Java à réaliser. J'ai des tonnes de choses à faire, et il y a des tas de gens qui veulent m'inviter à sortir pour me changer les idées, et je trouve toutes les excuses possibles pour refuser. J'ai juste besoin de continuer, d'aller de l'avant, et j'espère qu'un jour, je commencerai à avoir moins mal que maintenant.

La nuit, quand je suis dans mon lit, je parle à Livia. Je crois presque qu'elle peut m'entendre. En tout cas, je fais attention à ce que je dis, et j'essaie de ne pas pleurer quand je lui rappelle qu'elle m'a laissé au pire moment puisque je la connaissais assez pour savoir que j'étais complètement amoureux d'elle, mais elle ne m'a pas laissé emmagasiner suffisamment de souvenirs. J'ai peur d'user les quelques souvenirs que j'ai, et qu'ils deviennent les souvenirs d'autres souvenirs, comme des chansons que vous avez déjà aimées et jouées en boucle si souvent que, d'une fois à l'autre, elles vous emballaient de moins en moins. Et puis, j'entends ma petite Livia imaginaire, près de mon oreille, dire tout bas : « C'est vraiment arrivé, Adam. J'étais là, et je t'ai aimé.» Ensuite, je me retourne d'un coup, parce que j'en veux à la Terre entière. Et j'essaie du mieux que je peux de m'endormir.

*Ophélie* a quinze ans, le cœur brisé, et autant envie de reprendre l'école que de se faire arracher une dent sans anesthésie. Disons seulement que la fin de sa 3ᵉ secondaire n'a pas été une partie de plaisir ! Entre le rejet d'Olivier (cœur en miettes pour toujours) et les coups bas que Zoé – son ex (?) meilleure amie – et elle se sont faits pendant des semaines, non, vraiment, Ophélie n'a pas du tout la tête à retourner à l'école.

*Zoé*, de son côté, ne sait toujours pas si elle doit pardonner à Ophélie. Mais à qui d'autre parler de ce qu'elle ressent dès que Jérémie s'approche un peu trop près ? Elle qui se contrôle si bien d'habitude, la voilà qui bafouille et rougit dès qu'il la regarde ! Tomber amoureuse n'était pas dans ses plans... et encore moins de Jérémie !

C'est au milieu de tout ça que *Chloé* arrive de Paris, sauf qu'elle ne pense qu'à une chose : repartir (et au plus vite !!!!!!). Québécoise de naissance, elle a toujours vécu en France et n'avait aucune envie de venir passer un an au Québec. D'ailleurs, elle ne pardonnera jamais à ses parents de l'avoir déracinée et forcée à quitter F-X, son chum. (Non mais, quelle idée !)

Les trois jeunes filles commencent donc une nouvelle année sans enthousiasme, mais qui sait ce qu'elle leur réserve ? Entre questionnements, rêves, amours et amitiés, Ophélie, Zoé et Chloé verront leur vie changer. Sauront-elles s'adapter ?

Ouate de phoque !

génération ♀

Camille Beaumier
Sylviane Beauregard

Ne rougis pas, Léa

ÉDITIONS DE MORTAGNE

## Ne rougis pas, Léa

**Léa adore :** sa *BFF* *Lily* ; son carnet avec des chats tout choupinet ; l'**HALLOWEEN** ; NYC ; le jour du pâté chinois à la café ; les biscuits de mamie 🧁🧁🧁🧁 ; Ouija ; faire des listes pour prendre sa vie en main.

**Léa déteste :** rougir à tout propos ; quand son père CAPOtE sur les protéines ; quand sa mère lui souligne à grands traits ses fautes de français ; le *cheerleading* et l'adultite aiguë sous toutes ses formes.

**Léa rêve :** de sortir avec **ANTOINE**, qui ne semble pas voir qu'elle l'**AIME**, parce que c'est un gars et que les gars ne comprennent pas **toujours** du premier coup ; d'avoir une mère-ordinaire-pas-féministe et des faux cils bioniques.

Quand sa vie **DÉRAPE**, Léa peut toujours compter sur les précieux conseils de *Lily* ; sur les fabuleux biscuits de 🧁🧁🧁🧁 et sur sa propre extralucidité. Et, surtout, sur sa *A-Liste*...

100 %

Imprimé sur du papier 100 % recyclé